I0724487

Ethans Himmel auf Erden

CHRIS KENISTON

Indie House Publishing

DANKSAGUNG

Lieber Himmel, Ethan brauchte wirklich eine Menge Hilfe! Hier kamen meine Superfans ins Spiel und haben mich gerettet. Vielen Dank an Coral Mitchell, weil sie mir dabei geholfen hat, einen verletzten Ethan aus dem Sandkasten nach Texas zu befördern, und an Jessie Collins, weil sie mir dabei geholfen hat, Ethans Knöchel zu brechen. Haha! Ihr habt mich in letzter Minute davor bewahrt, den Verstand zu verlieren.

Mein lieber Freund Jan aus San Diego hat mich wieder einmal beraten, damit ich nicht in rechtliche Fallen tappe, und mein großer Bruder Chris hat mir alle Dilemmas des Kriminalrechts erklärt. Ihr seid beide toll!

Von allen Farradays war es bisher am schwierigsten, über Ethan zu schreiben, und deswegen bin ich vielleicht auf ihn am stolzesten. Ich hoffe, Ihnen gefällt Ethans Geschichte und Sie bleiben mir auch für die anderen Familienmitglieder als Leser:in erhalten. Habe ich schon erwähnt, dass Cousine Hannah bald nach Tuckers Bluff kommt?

Yeehaw und viel Vergnügen!

Chris

KAPITEL EINS

„Bereit zum Abheben.“

Nach wochenlanger Planung und intensivem Training war das Team in der Lage gewesen diese Mission im Schlaf zu erledigen. Nun war er mit acht Seelen und seinem Co-Piloten endlich auf dem Heimweg.

Plötzlich ertönte ein lautes „Rakete, Rakete, Rakete!“ über Ethans Kopfhörer. Über die Schulter sah er die herannahende Boden-Luft-Rakete. *Verdammt.* Ein Kaleidoskop aus orangen und gelben Lichtern blitze rechts von ihm auf, als der Helikopter einen Ruck nach links machte. *Verdammter ...* Der Hubschrauber kippte vor und zurück, dann von einer Seite zur anderen. Das war nicht, wie er das Ende der Mission geplant hatte. Über den Bordfunk wies er seinen Co-Piloten an, die Waffensysteme zu entleeren. „Schieß alles ab.“ Trudelnd stürzte sein Vogel in Richtung Boden. *Scheiße.*

Umgeben von schwierigem Gelände würden GPS, Funk und Notfallfunkfeuer vermutlich nicht von Nutzen sein und die Zeit war nicht auf seiner Seite. Einen wilden Bullen zu zureiten, war ein Klacks dagegen, einen Helikopter zu kontrollieren, dessen Heckrotor zerstört worden war. Er hatte neun Menschen an Bord. Sie hatten zu viel durchgemacht, um nicht wieder zu ihren Familien zurückzukehren. *Ihr werdet wieder nach Hause zu euren Liebsten kommen.*

Heute würden sie nicht sterben. Er hatte sie hierhergebracht und er würde sie auch wieder zurückbringen.

Das unaufhörliche Trommeln des Flakfeuers überzog sie wie das Rauschen eines defekten Funkgeräts. Rauch drang ins Cockpit und der Bergrücken kam immer näher. „Nicht heute", murmelte er. Flammen züngelten wie eine Schlange auf Beutesuche an seinem Hubschrauber. „Bereitmachen für Aufschlag!"

Ethans Augen schossen auf. *Atme.* Ruhig. Er lebte und … hing *nicht* kopfüber. Blinzelnd blickte er auf seine Hände. Kein Schrapnell, kein Blut. Ein Verband. Er blinzelte erneut und schluckte schwer. „Die Männer", murmelte er, bevor er sich daran erinnerte, dass sein durchlöcherter Hubschrauber all seine Passagiere in einem Stück auf festen Boden gebracht hatte.

„Sind wohlauf, Major." Eine große attraktive Frau kam mit einem Waschlappen in der Hand aus dem Badezimmer zu ihm. Ohne ein Wort zu sagen, tupfte sie ihm den Scheiß von der Stirn.

Ihr Name lag ihm auf der Zunge. Er kannte diese Frau, aber sein Kopf war immer noch benebelt.

„Ich habe gehört, Sie haben ein kleines Wunder vollbracht. Nicht viele Leute überleben einen Hubschrauberabsturz –"

„Kontrollierte harte Landung." Das Wort Absturz wollte er nicht hören.

„Entschuldigung. Wie ich sagte, nicht viele überleben eine harte Landung, geschweige denn, die ganze Crew."

Jetzt erinnerte er sich. Commander Billings. Seine Chirurgin. Man musste ihn wieder auf stärkere Medikamente gesetzt haben. Er hasste, wie die Schmerzmittel seinen Kopf vernebelten. „Wie wohlauf ist wohlauf?"

Die hübsche Ärztin runzelte die Stirn und lächelte wieder. „Ihr Copilot ist bereits zusammengeflickt und wieder bei Ihrer Einheit."

Der Nebel in Ethans Kopf lichtete sich immer mehr. Er wusste das. Er wusste, dass sein Kumpel Hammer okay war.

„Der Großteil des Teams erholt sich von Knochenbrüchen, leichten Gehirnerschütterungen und Schnittwunden. Ein paar Verbrennungen ersten Grades. Lieutenant Bishop musste wegen eines Milzrisses operiert werden, aber er erholt sich gut."

Auch das wusste Ethan. „Sie haben mir das bereits erzählt, nicht wahr?"

Der Commander nickte. Seine Vergesslichkeit musste ihr vorheriges Stirnrunzeln verursacht haben, doch jetzt schien sie froh zu sein, dass er sich erinnerte. „Sie machen gute Fortschritte. Der Fuß sieht gut aus. Ihre Hand ebenfalls."

Er wackelte mit den Fingern und Zehen. Ethan war sich nicht sicher, wie viele Tage er bereits hier war, aber er wusste, dass er bereit war, wieder loszulegen. „Wie lange, bis ich meinen Dienst wieder aufnehmen kann?"

Eine einzelne Augenbraue wanderte ihre Stirn hinauf. „Marines", murmelte sie leise, während sie den Kopf schüttelte. „Das ist ein ernster Bruch. Sie hatten mehrere Operationen und eine schwere Infektion mit hohem Fieber, weswegen sie die Woche fast nur geschlafen hatten. Ihre Knochen brauchen sechs bis acht Wochen, um völlig zu heilen, genauso wie die von anderen Sterblichen."

Etwas an der Art, wie sie ihn neckte, entspannte ihn. Erinnerte ihn an Zuhause. Jetzt erinnerte er sich. Er war an seinem Laptop gewesen, um auf den Neuesten Stand zu kommen, bis er sich nicht mehr hatte wachhalten können. Wie lange war das her? „Meine Familie?"

„Ja, nun. Es scheint, als hätte es eine Panne mit den Papieren gegeben."

„Panne?"

„Sie haben erst gestern eine offizielle Nachricht über Ihren Status bekommen. Ich habe gehört, ihr Vater und ihr Bruder sind auf dem Weg."

„Nein." Wenn die Ärztin vorhatte, ihn zwei Monate für den aktiven Dienst untauglich zu schreiben, bedeutete das, dass er bei seiner Entlassung zurück auf seiner Heimatbasis verlegt werden würde. In diesem Fall könnte er auch seinen aufgesparten Urlaub nehmen und seinen Arsch nach Hause schaffen. Wenn er schon aus dem Verkehr gezogen war, dann doch lieber auf der Ranch. Nicht, dass es in Pendleton schlimm wäre – doch es war einfach nicht Zuhause. „Das ist nicht notwendig."

„Den Teufel ist es nicht." Sean Farraday betrat das Zimmer. Mit über ein Meter achtzig, gekleidet in das für West-Texas typische Outfit, bestehend aus Jeans, Hemd, Rodeo-Gürtelschnalle, abgetragenen – aber polierten – Stiefeln und natürlich einem Stetson, war der Mann ein beeindruckender Anblick. Und eine kleine Anomalie in Washington D.C.. „Du hast Glück, dass Tante Eileen nicht hier ist, ansonsten würde sie dich drücken, bis dir die Luft wegbleibt."

Ethan fing an zu kichern, was ihm einen stechenden Schmerz in der Seite bescherte.

„Rippenprellung", erklärte die Ärztin. Daran erinnerte er sich nicht. Natürlich, denn seit er im Walter Reed eingetroffen war, hatte er nicht viel zu lachen gehabt. „Ich bin Commander Billings", sagte sie und streckte die Hand aus.

„Wie geht es Ihnen?" Sein Dad, der den Hut abgenommen hatte, schüttelte ihr die Hand. „Haben Sie sich gut um meinen kleinen Jungen gekümmert?"

Die Augen der Frau funkelten belustigt, aber sie hatte den Anstand, nicht darüber zu lachen, dass Ethan als kleiner Junge bezeichnet wurde. „Wir alle geben unser Bestes."

„Gut." Sein Vater drehte sich um und trat mit in Falten gelegten Augenbrauen zu seinem Sohn. „Wie geht es dir, ehrlich?"

„Bereit für einen Sprung in den Bach. Sollte jetzt schön tief sein."

Sein Dad lächelte. „Könnte besser sein."

„Nicht genug Regen?" Der Nebel in seinem Kopf hatte sich noch nicht verzogen. Er sollte die Antwort kennen.

„Ausreichend", antwortete Sean und studierte seinen Sohn wie ein neugeborenes Kälbchen von Kopf bis Fuß.

„Wie sieht der andere aus?" Sein Bruder D.J. kam in den Raum und steckte sein Handy in die Tasche. Dann reichte er der Ärztin, die etwas erstaunt über den Anblick eines zweiten über ein Meter achtzig großen Mannes in Stetson und Cowboystiefeln wirkte, die Hand. „Ich bin Declan."

„Declan?", murmelte Ethan überrascht. „Bist du in Ungnade gefallen?"

Sein Dad schüttelte lächelnd den Kopf. „Es scheint, als denkt Becky, dass Declan ein schöner Name ist."

Also hatte er die Posts im Internet nicht falsch interpretiert. „Hol mich der …"

„Wenn Sie mich entschuldigen würden." Dr. Billings trat beiseite. „Ich muss mit meiner Visite weitermachen. Wenn Sie irgendwelche Fragen haben, kann die Krankenschwester mich anpiepsen. Aber wenn ihr Sohn weiter solche Fortschritte zeigt, sollte er noch diese Woche wieder nach Kalifornien können."

D.J. und sein Vater wechselten einen Blick, der

Ethan nicht gefiel. Irgendwann zwischen den Nachwirkungen seiner zweiten OP und dem hohen Fieber war ihm die Unmenge an Kontaktversuchen seiner Geschwister aufgefallen und er fragte sich, was los war. Langsam kam ihm alles wieder in den Sinn. Nachdem er die Fotos von Becky und seinem Bruder gesehen hatte, hatte er gedacht, dass die Nachrichten davon handeln mussten. Die Farraday-Brüder fielen wie die Fliegen. Er wusste, dass Becky ein guter Fang war, und er würde den Arsch seines Bruders von hier bis nach Bagram treten, sollte er sie enttäuschen. Doch der Gesichtsausdruck seines Vaters schien nichts mit seinen liebestrunkenen Söhnen zu tun zu haben.

„Also, was zum Teufel ist los?"

Als das heiße Wasser auf ihren Rücken prasselte, konnte Allison Monroe schwören, dass es nichts Besseres im Leben gab, als fließend Wasser. Wenn sie zwischen einer Toilette und einem Boiler wählen müsste, würde die heiße Dusche immer gewinnen.

Morgen früh würde sie das kleine Büro bei MHI, Mobile Healthcare International, aufsuchen und sich über die Geschehnisse in der zivilisierten Welt zu informieren. Doch bis dahin hatte sie ein Date mit einer sehr warmen und äußerst bequemen Matratze. Nachdem sie in den letzten Monaten, die sie in abgelegenen Dörfern verbracht hatte, entweder auf einem Boot oder in einem Zelt gewohnt hatte, nahm ein echtes Bett den zweiten Platz hinter einer heißen Dusche ein, was die Toilette auf den dritten Platz verwies. Bis nach dem Sonnenaufgang zu schlafen, war ein lang ersehnter Luxus.

Der Aspekt des Stadtlebens, auf den sie sich jedoch

nicht freute, war das Ritual, sich die Haare aufwendig zurechtzumachen und Make-up aufzutragen, bevor sie in die Öffentlichkeit ging. Mit ihren nassen Haaren in ein Handtuch gewickelt und eingehüllt in einen Frotteebademantel sank Allison in ihr flauschiges Bett und griff nach ihrem Laptop. Wenn sie sich gestattete, jetzt, um erst sieben Uhr, einzuschlafen, würde sie weit vor Sonnenaufgang wach sein.

„Was für ein Schwachsinn." Das war der Grund, warum sie jedes Jahr sieben Monate fern der Zivilisation verbrachte. Die Dinge, über die sich die Leute in den Sozialen Medien beschwerten, als ginge es dabei um Leben und Tod, waren lächerlich. „Ich würde dich gerne zwischen kranken und sterbenden Kindern sehen und dann kannst du erzählen, wie wichtig es ist, dass dein Stadtrat keine Werbung für seine Alma Mater machen darf. Echt."

Allison schob sich von der Matratze, nahm das Handtuch ab und schüttelte ihr Haar aus. Nicht einmal in der tropischen Hitze fiel ihr Haar anders als kerzengerade. Nachdem sie das Handtuch ins Badezimmer geworfen hatte, ging sie durch den Raum und nahm sich eine frische Mango. Das würde sie vermissen. Und ganz besonders die einheimischen Früchte, die es selbst in den üppigen Tälern Nord-Kaliforniens nicht gab. Und die freundliche Bedienung. An den meisten Tagen, wenn die Leute sich besondere Mühe gaben, *la doctora* zu helfen, fühlte sie sich eher wie eine Königin als wie eine Ärztin.

Mit ein paar *ciduelas* in der Hand, einer kleinen roten und orangen Frucht, die einer Pflaume ähnelte, aber nichts mit ihr gemein hatte, und einer Schale mit klein geschnittener Mango, setzte sich Allison wieder vor ihren Laptop. „Vielleicht sind E-Mails nicht so schlimm." Nachdem sie sämtlichen Spam von afrikanischen Prinzen, die ihr Millionen schenken wollten und Seminaren, wie man als Immobilien-Mogul ohne Vorkenntnisse Millionen scheffeln konnte, sowie weitere sinnlose Werbungen gelöscht hatte, konzentrierte sich Allison auf E-Mails von Leuten, die sie wirklich kannte.

Die meisten ihrer Freunde verstanden, dass es auf ihren Reisen von einem abgelegenen Dorf zum anderen fast genauso wahrscheinlich war, einen WLAN-Hotspot zu finden, wie über den sagenumwobenen Jungbrunnen zu stolpern. Manche aber auch nicht. Was ihr eine lange Liste von Leuten bescherte, bei denen sie sich wegen, verpassten Grillfeiern, Geburtstagen und anderen Events entschuldigen musste.

„Meredith?" Die E-Mail ihrer Vermieterin sprang ihr ins Auge. Meredith war definitiv eine der Personen, die wissen sollte, dass Allison E-Mails nicht bekommen würde.

Ich bin mir nicht sicher, wann du das lesen wirst, ich habe dir auch eine Nachricht aufs Handy gesprochen. Sehr seltsam, ich hatte einen Besuch eines Mannes von Brooklyn Security and Investigation aus Miami, der nach dir gesucht hat. Nun, eigentlich nach deiner Schwester. Ich sagte ihm, dass er sich irren musste, da du keine Schwester hast, doch er war ziemlich hartnäckig.

„Oh Francine. Was ist jetzt?" Allisons Brust schnürte sich zusammen. Es war derselbe atemraubende Druck, den sie immer verspürte, wenn sie an die Schwester denken musste, die einen ganz anderen Pfad wie sie eingeschlagen hatte. Solange sich Allison zurückerinnern konnte, steckte ihre Schwester in einem desaströsen Chaos nach dem anderen. Zuerst mit ihrer armen Tante, die keine Ahnung hatte, was sie mit ihr machen sollte, dann mit ihren Lehrern und schließlich mit der Polizei, bis sie eines Tages einfach verschwunden war. Gelegentlich erhielt Allison eine

Postkarte, wie damals, als Francine geheiratet hatte. Dann wieder, als sie sich hatte scheiden lassen. Und eine weitere, in der sie verkündete, dass sie nun ein Star werden würde, da sie jetzt Model war. Diese Karten, mit dem Poststempel von Kalifornien, hatten sie dazu veranlasst, ein Stipendium in Stanford anzunehmen. Auch wenn sie damals nie wusste, wo ihre Schwester war, oder was sie anstellte, fühlte sie sich doch wohler, wenn sie wusste, dass sie zumindest im selben Bundesstaat lebten.

Er gab mir seine Karte, aber ich dachte nicht weiter darüber nach, bis Mark erwähnte, dass derselbe Ermittler im Krankenhaus aufgetaucht war, und dort ebenfalls nach dir gefragt hat. Der Kerl beharrt darauf, dass es wichtig ist, dass er deine Schwester findet. Nur für den Fall, dass du ihn erreichen willst, sobald du das liest, habe ich einen Scan der Karte mit den Kontaktdaten beigefügt.

Allison öffnete den Anhang. Simple Karte. Nichts Außergewöhnliches. Nur das Wesentliche. Vermutlich noch ein Betrüger wie die ausländischen Prinzen. Sie schloss die Datei und wandte sich den anderen E-Mails zu. Fünf oder sechs E-Mails weiter unten wusste sie schon nicht mehr alles. Doch was, wenn der Ermittler kein Betrüger war? Was, wenn Francine etwas zugestoßen war? Nein, das ergab keinen Sinn. Wenn der Kerl nach ihr suchte, dann würde er nicht wissen, ob etwas nicht stimmte. Oder doch? „Verdammt."

Allison öffnete Merediths E-Mail erneut und schrieb die Nummer auf den Notizblock auf ihrem Nachtkästchen. Dann sprang sie auf und kramte in ihrem Koffer nach ihrem Handy. Es war ganz unten in einem Plastikbeutel verstaut, da sie nicht erwartet hatte, das Telefon zu benutzen, bis sie in einer Woche oder zwei wieder zuhause war. Zumindest hatte sie für dieses sinnlose Unterfangen den passenden Roaming-

Vertrag. Allison tippte die Ziffern der Telefonnummer ein und wartete ungeduldig, bis es klingelte.

„Brooklyn Security", antwortete eine tiefe Stimme mit einem leichten New Yorker Akzent.

„Ja", sie räusperte sich, „hier ist Allison Monroe. Ich habe gehört, dass jemand aus Ihrem Büro mich sucht."

Das Geräusch von klackernden Schlüsseln hallte in ihrem Ohr wider, bevor die Stimme antwortete. „Oh ja, wir haben gehofft, dass Sie in letzter Zeit Kontakt zu Ihrer Schwester, Francine, hatten."

Offensichtlich war der Kerl nicht sehr gut in seinem Job, ansonsten hätte er gewusst, dass Allison die letzten sieben Monate im Dschungel Südamerikas verbracht hatte.

„Irgendwann im letzten Jahr", berichtigte er.

„Nein." Das war einfach. Allison hatte nichts von ihrer Schwester gehört, seit diese sie vor über einem Jahr kontaktiert hatte, weil sie Geld für eine Kaution benötigte. Francine hatte darauf beharrt, dass die Drogen nicht ihr gehörten. Allison hatte ihr so gerne glauben wollen, doch bis sie in einen Flieger nach San Diego gehüpft war, war Francine bereits verschwunden. Wieder einmal. Die Telefonnummer war nicht erreichbar und die Frau bei der Adresse, die ihr ihre Schwester gegeben hatte, behauptete, dass sie Francine schon über sechs Monate nicht gesehen hatte. Es überraschte Allison, dass es in diesen Zeiten für jemanden so einfach sein konnte, nicht auffindbar zu sein. Sie hoffte nur, dass dies nicht bedeutete, dass ihre Schwester auf der Straße lebte. Dieser Gedanke verängstigte Allison fast genauso wie die Albträume von Drogenhöhlen und Unfällen unter Alkoholeinfluss.

„Es ist ziemlich wichtig, dass mein Klient mit Francine spricht. Wann war das letzte Mal, dass Sie Ihre Schwester gesehen haben?"

„Am Tag nach ihrem sechzehnten Geburtstag." Allison schloss die Augen. Dieser Streit zwischen Francine und ihrer Tante Millicent war der schlimmste gewesen, den sie erlebt hatte, seit sie zu ihr gezogen waren.

„Mit ihr gesprochen?", fragte er.

Immer wenn sie schnell Geld brauchte.

„Dr. Monroe?"

„Vor über einem Jahr." Sie war sich nicht sicher, warum sie antwortete. Irgendwo tief in ihr hoffte sie vermutlich, dass dieser Mann schaffen konnte, was keiner der Privatdetektive, die ihre Tante Millicent angeheuert hatte, fertiggebracht hatte.

„Anklagen wegen Drogenbesitz." Das war keine Frage. Allison nickte. Auch wenn das dem Kerl am anderen Ender der Leitung nicht half. Aber er schien ihre Bestätigung sowieso nicht zu brauchen. „Und sie hat nicht versucht, Sie in den letzten paar Monaten zu kontaktieren?"

Allison schüttelte den Kopf? „Nicht, dass ich wüsste, aber ich bin immer noch im Ausland."

„Verstehe. Wann kommen Sie wieder in die vereinigten Staaten zurück?"

„Vielleicht sollten Sie mir sagen, warum Sie mir all diese Fragen über meine Schwester stellen?" Schwere Stille herrschte am anderen Ende, während im Hintergrund erneut Schlüssel klimperten. Allison hielt den Atem an. Sie hatte ein ungutes Gefühl.

„Dr. Monroe, ist Ihnen bewusst, dass Sie eine neugeborene Nichte haben?"

„Eine was?" Das musste ein Irrtum sein. Dieser Mann musste nach einer anderen Francine Langdon suchen, oder welchen Namen sie gerade benutzte.

„Ihre Schwester hat ein Baby vor der Tür meines Klienten ausgesetzt. Ich wurde angeheuert, um Francine zu finden, jetzt wo die Vaterschaft bestätigt wurde."

Vaterschaft? Allison war aufgesprungen und schmiss Dinge zurück in ihre Taschen. Das morgendliche Meeting mit den Leitern der mobilen Klinik im Dschungel des Amazonas würde das kürzeste in der Geschichte des MHI werden. Gleich danach würde sie in einem Flugzeug in die Staaten sitzen und nach ... sie erstarrte. „Wo genau hat meine Schwester meine Nichte ausgesetzt?"

Fassungslos beschrieb das Gefühl, das sich in Ethan ausbreitete, nicht einmal annähernd. Er war schon wütenden Vorgesetzten, streitlustigen Rekruten, verrückten Aufständischen und sogar dem Tod gegenübergestanden, doch nichts hatte ihn so erstarren lassen wie der Gedanke an Vaterschaft. „Seid ihr sicher?"

D.J. und sein Vater nickten synchron.

Natürlich waren sie sicher. Sie hatten ihm bereits von den DNS-Tests erzählt. Auch wenn seine DNS nicht getestet wurde, warum sollte irgendeine Frau, die mit einem seiner Brüder geschlafen haben könnte, nach Kalifornien gehen, um dort ihr Kind zur Welt zu bringen, und dann zurück nach Texas reisen, um es als das von Ethan auszugeben? Er blickte auf die Geburtsurkunde in seiner Hand. Francine Langdon. Wieso machte es nicht Klick? Ja, er mochte Frauen, und ja, wie viele Männer genoss er ihre Gesellschaft, doch es war nicht so, als hätte er bei jeder Gelegenheit mit einem ganzen Harem geschlafen.

Keine Verpflichtungen, keine Bindungen waren Standartprozedur. Militärpiloten waren lausige Ehemänner. Die meisten Frauen wussten das. Zumindest die, mit denen er etwas gehabt hatte. Aber er sollte verdammt sein, wenn er dabei nicht immer ein Gentleman gewesen war. Er kannte immer die Namen der Frauen, wusste, was sie mochten, und er stellte immer sicher, dass sie sich im Guten trennten, wenn sie beide wieder ihre eigenen Wege gingen.

„Francine", wiederholte er leise.

Die Braue über D.J.s linkem Auge wanderte hoch auf seine Stirn und Ethan wusste, dass er ertappt worden war.

„Es war auch ein Brief bei der Geburtsurkunde", sagte D.J. ebenso leise.

Ihr Vater drehte den Kopf, um D.J. anzusehen und wirkte etwas überrascht.

D.J. zog eine Schulter hoch und drehte sich dann zu Ethan. „Sie hat mit Fancy unterschrieben."

Fancy. Er hatte von Anfang an gewusst, dass das nicht ihr echter Name sein konnte, aber sie hatte ihm nicht mehr über sich erzählt. Es war ein sehr langes Wochenende nach einer sehr lagen und zermürbenden Übung gewesen. Er wollte nur ein paar Biere, ein paar Runden Billard und eine Chance, an nicht denken zu müssen, besonders nicht an den Grund für all das Training.

Sie war gerade aus einer Beziehung mit einem Kerl gekommen, den sie wenig liebevoll als König der Arschlöscher bezeichnet hatte. Mehr als einmal wäre sie wegen des Drogenkonsums des Kerls fast im Gefängnis gelandet, doch letztendlich war sie zu Verstand gekommen und hatte ihn abserviert. Er hatte das Gefühl gehabt, dass sie es allein sehr schwer hatte. Und er erinnerte sich gut an jene Nacht.

Eine Blondine mit umwerfend blauen Augen und südkalifornischer Bräune. Fancy hatte etwas zu glücklich ausgesehen, als sie die Bar betreten hatte, fast so, als wäre das nicht ihr erster Stopp gewesen. Doch sie konnte gerade gehen und hatte eine Freundin an ihrer Seite. Eine Stunde später war die Freundin nirgends zu finden und ein SEAL, der sein eigenes Gewicht in Tequila getrunken hatte, schmiegte sich an sie. Zehn Minuten später, als Ethan fast schon zur Tür hinaus war, blickte er ein letztes Mal über die Schulter. Der Kerl mit den Oktopus-Händen war aufdringlicher geworden und die Blondine versuchte, von ihm wegzukommen.

Ethan würde keine erwachsene Frau davon abhalten, Spaß zu haben, wenn diese das wollte, doch es gab Regeln, an die sich jeder anständige Mann halten sollte, selbst solche, die viel zu lange im Einsatz gewesen waren. Nein bedeutete nein und ein ja unter viel zu viel Alkoholeinfluss zählte nicht.

Er brauchte nicht mehr als ein paar zusätzliche Sekunden, um zu realisieren, dass diese Frau ihre Meinung geändert hatte, egal, was sie zuvor gesagt hatte. Mit wenigen langen Schritten ging er hinüber und blieb neben der Blondine stehen. Sie sah von Nahem sogar noch schöner aus und war definitiv nicht mehr in der Lage, ihre Zustimmung zu geben. „Sorry, dass ich mich verspätet habe", sagte er mit seinem besten Lächeln.

Mit geweiteten Augen blickte die Blondine über ihre Schulter und ein Funken Angst tauchte in ihren Augen auf. Der Rüpel, der ihren Arm fest umklammerte, knurrte lediglich.

„Bereit nach Hause zu fahren?", fragte Ethan, während er die bösen Blicke des Kerls ignorierte, der gerade merkte, dass ihm die Chance auf etwas Spaß entglitt.

„Ich, ähm." Sie blinzelte und blickte ihn erneut an. Ihr Kopf schoss zu dem anderen Kerl und dann schnell wieder zu Ethan. Dann nickte sie.

Vorsichtig legte er seine Hand um ihren Unterarm. „Lass uns gehen."

Sofort fiel ihr Blick auf seine Hand und im selben Augenblick löste sich die Anspannung in ihrem Körper. Vielleicht lag es an der Tatsache, dass er sie im Gegensatz zu dem groben notgeilen Gorilla kaum berührte, oder daran, dass sie instinktiv erkannte, dass er ihr nicht schaden wollte. Doch egal was der Grund war, sie blickte in sein Gesicht und lächelte. „Ja, gehen wir."

Nicht gerade froh über die Planänderung stürzte sich der Idiot auf ihn, doch Ethan streckte den Betrunkenen mit ein paar schnellen Schlägen nieder. Als Entschuldigung für die Umstände legte er ein paar Geldscheine auf die Bar und verschwand gerade noch rechtzeitig mit der Blondine, bevor eine Marines-gegen-Navy-Schlägerei ausbrach.

„Bist du noch bei uns?", fragte sein Vater.

Ethan nickte. Er fühlte sich wie betäubt, doch nicht von den Schmerzmitteln. „Ich nehme Urlaub."

„Die Ärztin meinte, dass du noch eine Woche hier sein könntest."

„Das ist egal."

„Ist es nicht", sagte sein Vater. „Du tust niemandem einen Gefallen, wenn du nicht richtig gesund wirst."

„Ich bin im Krankenstand. Ich soll nach Pendleton zurückkehren. Nachbehandlung und dann Reha."

„Wann musst du wieder auf der Basis sein?", fragte D.J..

Ethan schüttelte den Kopf. „Bald. Ich rede mit meinem Vorgesetzten. Ich habe etwas Urlaub angespart. Es gibt keinen Grund, warum ich nicht bis zu Reha zuhause bleiben kann." *Zuhause.* Er wackelte mit den Zehen und realisierte, dass er sich nicht mehr so große Sorgen um seinen Knöchel machte. Jetzt gab es etwas viel Wichtigeres, um das er sich kümmern musste.

KAPITEL ZWEI

Diese Höllenwoche sollte endlich enden. Gut enden. Zumindest betete Allison dafür. Übers Telefon weitere Informationen von einem gewissen Luke Brooklyn Chapman zu bekommen, war unmöglich gewesen. Er nahm sich aber die Zeit, ihr zu versichern, dass ihre Nichte nicht in besserer Obhut sein könnte. Sie war sich nicht wirklich sicher, ob er das beurteilen konnte, doch eine kurze Google-Suche sagte ihr, dass der ehemalige Navy SEAL die menschliche Natur vermutlich besser verstand als sie. Das Einzige, worauf er sich eingelassen hatte, war, mit seinem Klienten zu sprechen und sich dann wieder bei Allison zu melden. Aber wie lange er auch brauchen würde, um zurückzurufen, es würde nicht schnell genug sein.

Nicht dass sie etwas mit den Informationen anfangen konnte, selbst wenn der Mann sich sofort wieder gemeldet hätte. Trotz ihrer besten Absichten war es nicht so einfach, dem MHI sofort den Rücken zuzudrehen. Terminänderungen, unvorhersehbare Herausforderungen, eine Gesellschaft die so schnell wie eine alte Schildkröte war und ein sehr kranker Chirurg hielten Allison eine ganze Woche länger im Land als geplant. Und da es keinen Direktflug aus dem Amazonas-Dschungel nach San Francisco gab, dauerte ihre Heimreise mehrere Tage. Sie brauchte allein zwei Flüge und zwei Tage, um von der abgelegenen Stadt in die Hauptstadt zu kommen. Und da sie dort für den Morgenflug zu spät ankam, kam ein dritter Tag dazu, bis sie endlich in Richtung der Vereinigten Staaten aufbrechen konnte. Doch selbst das Wetter verschwor sich gegen sie. Die Stürme an der Atlantikküste führten dazu, dass ihr Flug Richtung Dallas zu seinem Abflugort umkehren musste. Da nun alle Reisenden ihre Flüge umbuchen mussten, zogen auch Tag fünf und sechs an ihr vorbei, bis sich das Glück endlich zu ihren Gunsten wendete und sie in Dallas den letzten Sitz im letzten Flugzeug nach San Francisco bekam.

Zwei Wochen nach dem lebensverändernden Anruf war sie endlich zuhause. Doch nach vielen Telefonaten mit Brooklyn und ihrem neuen Anwalt war sie nicht mehr in der Lage dazusitzen und nichts zu tun. Nachdem sie ausgepackt und eine Ladung Klamotten in die Waschmaschine geschmissen hatte, war ihre erste Tat am nächsten Morgen, wieder zu packen und nach San Diego zu fahren. Dem letzten Aufenthaltsort ihrer Schwester. Francines Bekannte dort waren vermutlich ihre einzige Chance, der Wahrheit auf die Spur zu kommen.

Jetzt, im Stoßstange-an-Stoßstange-Verkehr bei achtzig Kilometer pro Stunde, klingelte ihr Handy und der Name der Security-Firma tauchte auf dem Display auf. *Endlich.*

„Irgendwelche Neuigkeiten über meine Schwester?" Allison kam direkt zur Sache. Höflichkeitsfloskeln wären nur Zeitverschwendung gewesen.

„Wo auch immer sie ist, sie will nicht gefunden werden. Traditionelle Aufspürmethoden funktionieren nicht. Sie benutzt keine Kreditkarten."

Schwierig eine Kreditkarte zu bekommen, wenn man nicht kreditwürdig ist.

„Keine Handyvertrage und keine Steuererklärungen seit über fünf Jahren", fuhr er fort.

Ehrlichgesagt war Allison etwas überrascht, dass ihre Schwester überhaupt schon einmal eine Steuererklärung gemacht hat. „Was ist mit meiner Nichte?"

„Ich habe einen Ermittler in ihrer Gegend, ich möchte diese Informationen nicht am Telefon weitergeben."

Nun, zumindest war der Kerl vorsichtig. Nicht dass man sich darum reißen würde, ihre Identität zu stehlen, aber trotzdem. Andererseits gab seine Aussage nicht preis, ob er vorhatte, ihr zu sagen, wo sie Francines kleines Mädchen finden konnte. „Ich bin nicht zuhause. Ich bin in San Diego."

„Wirklich?" Sie konnte die Überraschung in seiner Stimme hören.

„Wirklich." Aus keinem erfindlichen Grund lockerte sich der Verkehr vor ihr auf und sie trat aufs Gas. Die Ausfahrt zum letzten bekannten Wohnort ihrer Schwester, war nur noch ein paar Meilen entfernt. „Ich will das nicht hinauszögern."

„In Ordnung."

„Wirklich?"

Der Mann am anderen Ende der Leitung lachte. „Sie klingen überrascht."

Es war ein nettes Lachen und zum ersten Mal hatte sie das Gefühl, dass sie diesen Kampf nicht allein bestritt. „Entschuldigung."

„Ich schreibe ihnen die Nummer meines Mannes in L.A., vielleicht kann er zu Ihnen fahren und sich mit Ihnen treffen. Wenn sie Halt machen, rufen Sie ihn einfach an. Er wird einen Ausweis sehen wollen, aber er wird Ihnen alles sagen, was Sie wissen wollen."

„Danke." Noch ein paar Stunden und sie würde wissen, wo ihre Nichte war. Und wenn das Glück ihr hold war, würde sie vielleicht sogar eine Spur bezüglich ihrer Schwester finden.

„Was ich bei unserer letzten Unterhaltung gesagt habe, war mein Ernst. Brittany ist in besten Händen. Sie müssen sich keine Sorgen machen."

Keine Sorgen? Er hätte ihr genauso gut sagen können, dass sie nicht atmen sollte. Erst wenn sie Fancys Tochter mit sich nach San Francisco nehmen konnte, würde Allison anfangen, sich zu entspannen. Nachdem sie den Anruf beendet hatte, bog sie auf die Ausfahrt und folgte dem Navi zur letzten ihr bekannten Adresse ihrer Schwester. Bis sie einen Parkplatz gefunden hatte, hatte sie auch schon mit Brooklyns Ermittler gesprochen. Wie sich herausstellte, war er gerade wegen eines anderen Auftrags in San Diego und könnte sich in einer halben Stunde mit ihr treffen. Anstatt die Treppe hinaufzugehen und an der Tür zu klopfen, entschied sie sich, im Park auf der anderen Straßenseite auf ihn zu warten. Eine strategisch perfekt platzierte Bank, die ihr direkten Blick auf das Gebäude gab, zog ihre Aufmerksamkeit auf sich.

Den ganzen Tag bei großer Hitze und hoher Luftfeuchtigkeit in Zelten zu arbeiten, während überall Insekten herumschwirrten und im Dschungel Geräusche zu hören waren, die an einen billigen Horrorfilm erinnerten, nur um am Abend alles zusammenzupacken und den Fluss hinaufzufahren und dort von vorne zu beginnen, war anstrengend. Doch nicht einmal in diesen sieben Monaten hatte sie sich so erschöpft gefühlt wie jetzt, als sie hier saß und wartete.

Anfangs hielt sie ihren Blick auf das Gebäude gegenüber und auf die gelegentlich vorbeigehenden Personen gerichtet. Die Chancen, dass ihre Schwester eine davon war, waren infinitesimal. Und nur, falls Allison ihre Schwester überhaupt erkannte. Sie hatte mehr Jahre ohne Francine verbracht wie mit ihr. Dieser Gedanke sandte Allison einen Schauer über den Rücken und ließ die Haare auf ihren Armen zu Berge stehen.

Sie rieb sich die Unterarme, als sie spürte, wie etwas Schweres in ihren Schoß fiel. Allison blickte hinab und sah, dass sie Empfängerin eines sehr nassen und durchgekauten Baseballs war. Der Überbringer? Ein ziemlich zerzauster und hechelnder Hund, der aussah, als würde er freudig lächeln.

Während sie den vollgesogenen Ball mit zwei Fingern aufnahm, fing sie an, den Hund mit der anderen Hand hinter den Ohren zu kraulen. „Ich denke, du willst, dass ich ihn werfe?"

Der Vierbeiner gab ein Wuff von sich und hob eine Pfote. „Okay mein Süßer." Sie kraulte ihn noch einmal und blickte sich nach seinem Besitzer um. Mehrere Meter entfernt saß ein Mann auf einer anderen Bank und blickte in ihre Richtung. „Ist das dein Herrchen?"

Der Hund stupste mit der Nase gegen ihre Hand.

„Okay. Ich habe verstanden. Erst werfen, dann reden." Den Sabber ignorierend hob sie ihren Arm und warf den Ball so weit sie konnte.

Ihr neuer pelziger Freund sauste davon und trottete mit dem Ball im Mund zu dem Mann auf der anderen Bank. Der Mann lachte und rieb dem Tier den Rücken. „Ich denke, das ist dein Herrchen." Sie beobachtete die beiden, während der Mann den Ball viel kräftiger als sie davonschleuderte, bevor sie ihre Aufmerksamkeit wieder auf ihr Handy richtete.

Die Zeit verging nur langsam. Oder vielleicht war das Warten auf den Privatdetektiv, der all ihre brennenden Fragen beantworten sollte, dasselbe wie einen Teekessel mit Wasser zu beobachten, das einfach nicht kochen wollte. Vielleicht, wenn sie dem Mann und seinem Hund beim Spielen zusah … Selbst auf diese Entfernung war er ein Augenschmaus. Und hatte einen guten Arm. Sie wünschte, sie könnte sein Lachen hören. War das nicht lächerlich? In ein paar Stunden würde sie wieder auf dem Weg nach Hause sein und der Kerl und sein Hund würden gegangen sein. Vermutlich nach Hause zu Frau und Kindern.

Und welchen Unterschied machte das? Sie war nicht auf der Suche nach einem Mann, besonders nach keinem, der mitten am Nachmittag im Park abhing. Nein, was sie brauchte, war ein Hinweis darauf, in was für ein Schlammassel Francine sich jetzt gebracht hatte.

Ethan würde gerade für einen Fernsehsessel töten. Er hatte versucht sein Bein auf der Bank auszustrecken. Das hatte kurze Zeit funktioniert. In Pendelton hatte er einen Rollstuhl benutzt, um sich durch die Basis zu bewegen und all die Papiere für seinen Urlaub einzureichen. Und jetzt, am ersten Tag, an dem er Krücken benutzen durfte, war es nicht sein Arm, wegen dem seine Ärztin so besorgt gewesen war, der ihm Unannehmlichkeiten bereitete. Es war sein Bein, das pochte und sein Fuß, der erneut abnormal angeschwollen war. Nichts außer vielleicht eine Wolke als Auflage würde die Schmerzen lindern.

Obwohl er noch mehrere Stunden bis zu seinem Flug nach Texas totschlagen musste, war, hier zu warten und zu hoffen, dass er Fancy treffen würde, vermutlich nicht das Klügste, was er je getan hatte. Doch auf dem Stützpunkt oder am Flughafen rumzuhängen, würde auch nichts bringen. Er war jedoch etwas überrascht, dass er sich so leicht an den Weg zu dem Ort erinnerte, an dem er sie das letzte Mal gesehen hatte.

Das waren definitiv ein paar höllische Tage gewesen. Erst als er mit einer sehr angetrunkenen Beifahrerin vom Parkplatz der Bar fuhr, realisierte er, dass die Blondine keinen Ort hatte, an den sie gehen konnte. Zuerst hatte er einfach gedacht, dass sie zu betrunken war, um sich zu erinnern, doch ihr Gedächtnis war nicht das Problem gewesen. Zwei Stunden und mehrere Tassen Kaffee später hatte er die ganze Geschichte von dem Arsch, mit dem sie zusammengewohnt hatte, gehört und hörte ihr zu, wie sie bei vielen Freunden auf der Suche nach einem Ort zum Schlafen Nachrichten hinterließ. Letztendlich kam er zu dem Schluss, dass sie beide in jener Nacht nur etwas Schlaf bekommen würden, wenn sie zu ihm nach Hause kam. Es wäre nicht das erste Mal gewesen, dass er sein Bett abgetreten und auf der Couch geschlafen hatte, und es würde vermutlich auch nicht das letzte Mal sein.

Am nächsten Tag war er zum Duft von brutzelndem Bacon und frischem Kaffee aufgewacht. Keine schlechte Belohnung dafür, auf einer zu kurzen Couch geschlafen zu haben. Bis zum Abend hatten all ihre Freunde mit der ein oder anderen Ausrede geantwortet, weswegen sie nicht bei ihnen unterkommen konnte. Ethan hatte das Gefühl, dass sie alle vermutlich keine richtigen Freunde waren. Er hatte versucht, ihre Enttäuschung mit einem Wirbelwind aus Unternehmungen zu vertreiben. Dieser Tag aus Spaß und Ausgelassenheit hatte sich bis in die Nacht gezogen – und in sein Bett. Am nächsten Tag hatte eine ihrer Freundinnen Fancy eine Rettungsleine zugeworfen, aber irgendwie hatte sie noch zwei weitere Nächte mit ihm verbracht, bis er sie zu ihr gebracht hatte.

Ein haariges Etwas, das wie eine Mischung vieler unterschiedlicher Rassen, angefangen von Husky über Schäferhund bis hin zu etwas mit seidigem Fell, aussah, saß neben ihm und stupste seine Hand an.

„Wo kommst du denn her, Kumpel?"

Der Hund ließ einen glitschigen Ball in seine

offene Hand fallen und Ethan warf ihn wie aus Reflex aufs freie Feld. Mit dem drolligen Vierbeiner zu spielen würde die Wartezeit, bis Fancys Freundin auftauchte, etwas angenehmer gestalten. Doch anstatt ihm den Ball zurückzubringen, trottete der freundliche Hund in Richtung grünerer Gefilde. Weil er so fixiert auf das Haus auf der anderen Straßenseite und die Rädchen in seinem Kopf gewesen war, hatte Ethan nicht bemerkt, dass die Frau und ihr Hund angekommen waren.

Eine Autotür schlug zu und Ethan richtete seine Aufmerksamkeit auf das kleine rote Auto auf der anderen Straßenseite. Der große muskulöse Fahrer war definitiv nicht Fancys Freundin.

Etwas fiel in seinen Schoß und derselbe Hund setzte sich vor ihm auf die Hinterläufe. Anstatt eines Baseballs starrte Ethan jedoch auf eine weiße Tüte eines Burgerladens. „Willst du dein Mittagessen teilen?"

„Tut mir leid, das ist meines", rief ihm eine atemlose Stimme zu. Die Besitzerin des Hundes kam zu ihm herüber. „Außer Sie mögen Avocado-Bacon-Truthahn-Burger."

„Danke, aber ich bin eher der Steak-und-Bratkartoffeln-Mensch." Nicht an sein verletztes Bein denkend, stand er instinktiv auf und stöhnte wegen des Schmerzes, der plötzlich von seinen Zehen in seine Hüfte schoss.

„Oh, bitte. Sie müssen nicht aufstehen." Der Blick der Frau tanzte von seinem Fuß zu den Krücken neben ihm und wieder zu seinen Füßen. Der flüchtige Blick wurde ernster. „Sie sollten das Bein wirklich hochlagern."

„Ja. Krankenschwester?"

„Ärztin."

Ethan zuckte zusammen. „Autsch."

„Ernsthaft, Sie sollten es zumindest auf die Bank legen."

„Nein. Entschuldigung. Meine Tante würde mir für so eine Anmaßung den Kopf abreißen. Und meine Schwester, die Anwältin, würde dasselbe tun."

Die Lady hatte ein sehr hübsches Lächeln und ein noch süßeres Lachen. „Entschuldigung angenommen. Aber Sie sollten wirklich –"

„Das Bein hochlagern. Ja. Ich schlage nur die Zeit bis zu meinem Flug heute Abend tot. Wenn ich nach Hause komme, wird genau diese Tante dafür sorgen, dass ich die ärztlichen Anweisungen minutiös befolge."

„Ich mag ihre Tante. Und das würde ihr Arzt ebenfalls. Aber wenn Sie mit diesem Bein fliegen, sollten Sie sich gut hydrieren und es würde auch nicht schaden, Aspirin oder Ibuprofen zu nehmen, bevor Sie in das Flugzeug steigen. Thrombosen sind für jeden ein Risiko, besonders für jemanden in Ihrer Verfassung."

„Ja, Ma'am." Ethan nickte. Sein Arzt hatte ihm genau dasselbe gesagt. Bevor er weiterreden konnte, sah er, wie der Mann aus dem roten Wagen am Straßenrand den Park absuchte.

Die hübsche Brünette folgte seinem Blick und sah den Mann. „Oh, ich denke, das ist der Mann, auf den ich warte." Sie schnappte sich die weiße Tüte. „Passen Sie gut auf ihr Bein auf."

Ethan nickte erneut und beobachtete, wie sie auf den Mann zuging, wobei der Hund ihr folgte. „Glückskerl."

Eine weitere Tür schlug zu und erneut wandte Ethan seine Aufmerksamkeit der Straße zu. Eine schlanke junge Frau stieg aus dem Wagen und raubte Ethan kurz den Atem. Es war nicht so, als hätte er erwartet, dass seine Observierung Früchte tragen würde und doch war er etwas enttäuscht. Was die Frage aufwarf – was zum Teufel würde er tun, wenn die nächste Frau, die aus einem Auto stieg, wirklich Fancy war?

KAPITEL DREI

Der unbequeme Flug zum Dallas Fort Worth International Airport hätte genauso gut ein Wagon eines Güterzugs sein können. Mit Sitzen, die für einen durchschnittlichen Erwachsenen ungeeignet waren, war bequemes Sitzen keine Option gewesen. Der einzige Lichtblick seines Flugs war der Sitzplatz an der Trennwand, der ihm zusätzlichen Fußraum bot. Auch wenn Ethan nicht in der Lage gewesen war, sein Bein vollständig hochzulagern, war die Flugbegleiterin so freundlich gewesen, ihm Kissen und eine Decke aus der ersten Klasse zu bringen, mit dem sie ihm eine Art Hocker gebaut hatte, um sein Bein etwas zu entlasten.

Hinter dem Steuer ihres Wagens blickte seine Schwester Grace zu ihm hinüber. „Wie geht es deinem Bein?"

„Gut." Auf dem Beifahrersitz ihres Autos zu dösen hatte seinen Schmerz nicht wirklich gelindert, doch er würde nicht zugeben, dass das verdammte Ding furchtbar schmerzte. „Ganz gut."

„Gut, dass du dich etwas ausruhen konntest. Wir sind fast zuhause. Dann kannst du dich erholen."

Auf dem Flughafen auf einen Anschlussflug nach Abilene oder Lubbock zu warten, nur um dann auf der Fahrt zur Ranch wieder im Auto zu sitzen, hätte mehr Zeit in Anspruch genommen und sein Bein mehr belastet als die unglaublich lange Fahrt von Dallas nach

Tuckers Bluff. „Du hättest das nicht tun müssen. Ich hätte mir einen Wagen mieten können."

„Oh ja. Da hätten Dad und Tante Eileen definitiv zugestimmt." Grace kicherte und schüttelte den Kopf. „Das Timing hat einfach gepasst. Ich habe etwas Zeit, bis meine Kurse wieder anfangen. Es war sinnvoller, dass ich nach Hause fahre, anstatt Dad oder Finn herkommen zu lassen, um dich zu holen."

Er würde nicht diskutieren. Ehrlichgesagt war er verdammt froh, eine Familie zu haben, die sich so um ihn sorgte. Er richtete sich in seinem Sitz auf und als er sich umblickte, realisierte er, dass sie nur noch einen Steinwurf von der Ranch entfernt waren. „Ich hätte wenigstens wachbleiben können, um dir Gesellschaft zu leisten."

Seine Schwester lächelte ihn wieder an. Selbst als Baby hatte Grace fast alles angelächelt. Natürlich hatte sie dabei fast immer dieses Funkeln in den Augen gehabt, das allen sagte, dass sie etwas im Schilde führte. Als Jüngste der Familie und als einziges Mädchen hatte es nichts ausgemacht, dass man sie verzogen hatte.

„Eigentlich mag ich die Ruhe und den Frieden", fuhr sie fort. „Das ist eine nette Pause von all dem Drunter und Drüber. Zumindest für kurze Zeit." Dieses Funkeln tauchte in ihren Augen auf, als ihr Lächeln breiter wurde. „Außerdem bin ich ganz versessen darauf, das neue Mädchen im Farraday-Clan endlich kennenzulernen." Sie drehte den Kopf zu ihm. „Es war nicht einfach, als einziges Mädchen unter euch Kerlen aufzuwachsen."

Einfach für wen? Ethan lachte fast, doch ihm war noch nicht danach. Er wünschte sich, dass dieses taube Gefühl in seinem Körper endlich verschwand. Seit er von seiner Vaterschaft erfahren hatte, fiel es ihm schwer, irgendetwas zu fühlen. Sollte ein Mann wegen einem Kind nicht überglücklich sein? Oder war das nur so, wenn das Kind von der Liebe seines Lebens war? Nachdem er sich von dem anfänglichen Schock erholte hatte, fühlte er sich fast leer. Er fühlte weder Liebe noch Hass. Diese Vorstellung machte ihm Angst. Hatte ihm der Einsatz seiner tiefen menschlichen Emotionen beraubt? Er zwang sich, an seinen letzten Besuch zuhause zu denken. An Adams und Megs Hochzeit. Das Lächeln. Die Freude. Die Liebe. Sein Herz war erfüllt gewesen von dem Glück, das von seinem ältesten Bruder ausging. Ja, er konnte immer noch fühlen.

„Was?" Grace warf ihm einen flüchtigen Blick zu. „Keine Angst, die kleine Maus zu verziehen?"

„Maus?"

„Naja klingt besser als Winzling. Ich bin mir sicher, dass mir etwas passenderes einfällt, sobald ich sie sehe."

„Wie wäre es mit Brittany? Das ist ihr Name."

„Ja." Grace runzelte die Stirn. „Wäre cool gewesen, wenn sie Heather oder Hailey oder –"

„Wir haben schon ein H in der Familie. Hannah."

„Ja, ich weiß. Und es war lieb von Tante Anne, Mom zu ehren, indem sie mit dem nächsten Buchstaben nach dem G weitergemacht hat, aber trotzdem. Helen wäre schön gewesen."

Daran hatte er auch schon gedacht. „Ich bin sicher, Tante Eileen wird nichts dagegen haben, wenn du eine Helen in die Familie bringst." Grace damit zu necken, dass sie Tante Eileen mit einem Baby glücklich machen würde, hätte ihn normalerweise von einem Ohr zum anderen grinsen lassen, doch nicht heute. Es war schon schwer, sich zu unterhalten. Der gestrige Besuch bei Fancys alter Wohnung hatte nichts gebracht. Als ihre Freundin endlich von der Arbeit nach Hause gekommen war, entschuldigte sie sich und schwor, dass

Fancy nur ein paar Wochen bei ihr geblieben war, bevor sie nach Los Angeles gegangen war. Etwas darüber, dass Fancy ein besseres Angebot bekommen hatte, doch Genaueres wusste die Frau nicht.

„Damit fangen wir gar nicht erst an." Grace bog von der Straße ab und fuhr auf die Auffahrt zur Ranch. „Ich persönlich bin dir und Brooks sehr dankbar dafür, dass ihr etwas von dem Druck, mich fortzupflanzen, genommen habt. Und Connor ebenfalls. Mit drei Kindern im Haus sollte Tante Eileen für längere Zeit beschäftigt sein."

Ethan fürchtete nicht viel. Er lebte vom Adrenalin. Davon, das Unbekannte zu erforschen. An seine Grenzen zu gehen. Seine Berufswahl beinhaltete keine Versprechen von Sicherheit. Aber in genau diesem Moment, als das Haus in der Ferne immer größer wurde, hatte er gehörig die Hosen voll. Was wusste er schon von Babys, Kindern und dem Elternsein? Es war eine Sache, einem Kumpel den Rücken freizuhalten, aber verantwortlich dafür sein, ein winziges Menschlein zu umsorgen und großzuziehen? Was, wenn er das vermasselte? War ein abwesender Vater nicht eine der Hauptursachen für Problemkinder – und das Militärleben war bekannt für Abwesenheit. In seinem Fall, lange Abwesenheit.

Der Wagen kam vor der Veranda zum Stehen und bevor Ethan sich umdrehen konnte, flog die Tür bereits auf und seine Tante stand neben ihm. „Nicht bewegen. Dein Vater kommt gleich, um dir zu helfen."

„Ich brauche keine Hilfe, Tante Eileen." Ethan drehte sich und setzte die Füße auf den Boden.

„Ich hole die Krücken." Grace schlug die Fahrertür zu, riss die Hintertür auf und eilte mit den Krücken zu Ethan hinüber.

„Danke." Bis er auf den Beinen, nun, auf einem Bein, war, hatte sich bereits die halbe Familie wie ein

Football-Team um ihn versammelt, das seinen Quarterback beschützen wollte.

„Sei vorsichtig." Tante Eileen steckte vorsichtshalber die Arme aus, um ihn aufzufangen, sollte er das Gleichgewicht verlieren. Dieser mütterliche Instinkt brachte ihn fast zum Lächeln.

„Ja, Ma'am." Er war vielleicht nervös und unsicher bezüglich seiner Zukunft, doch er hatte noch nicht ganz den Verstand verloren. Mit seiner Tante zu diskutieren war noch nie eine gute Idee gewesen und er sah momentan auch keinen Grund, auf die Absurdität ihrer Mühen hinzuweisen.

„Lass dem Mann etwas Freiraum", sagte sein Vater winkend. „Schön, dass du zuhause bist, Sohn."

Ethan nickte. Adam und Brooks waren ihrem Vater und ihrer Tante gefolgt und standen an der Seite. Beide nickten und lächelten ihn an. Keiner musste etwas sagen, Ethan wusste, dass sie für ihn da waren. Er hätte dem Marine Corps nicht beitreten müssen, um die Bedeutung von *Semper Fidelis* zu verstehen. Seit er laufen konnte, hatte ihn seine Familie gelehrt, wie wichtig es war *immer treu* zu sein und niemanden im Stich zu lassen. Auch wenn niemandem im Stich lassen im Falle der Farradays eher bedeutete die Verantwortung für einen Unfug zu übernehmen, den ein anderer der Brüder angestellt hatte.

Der Kofferraum schlug zu und D.J. tauchte mit Ethans Seesack hinter seinen Brüdern auf. „Ich hoffe du hast Hunger. Tante Eileen kocht schon seit Tagen. Es gibt genug Essen, um dein ganzes Platoon zu versorgen."

Ethan hatte seit er im Krankenhaus aufgewacht war keinen wirklichen Hunger gehabt. Selbst jetzt schafften die Gerüche von Schmorbraten und seiner Leibspeise, Bohnenauflauf, es nicht, seinen Appetit zu wecken. „Ein wenig."

Mehrere Augenpaare blickten einander an, bevor alle ins Haus gingen.

Becky kam aus der Küche gesprungen und stoppte ein paar Schritte vor ihm.

„Es ist okay. Ich zerbreche schon nicht." Ethan wusste, dass sie sich in nur ein paar Monaten nicht so verändert haben konnte und doch, irgendwie wirkte das Küken jetzt erwachsen. Er lächelte bestärkend. „Ich verspreche es."

Langsam ging Becky zu ihm und schloss vorsichtig ihre Arme um ihn, damit sie ihm die Krücken nicht wegstieß. „Willkommen zuhause."

Komisch, wie sich in so kurzer Zeit so viel ändern konnte. Für alle anderen, hätte diese liebevolle Begrüßung wie jede andere ausgesehen, bei der Becky ihn umarmt oder auf die Wange geküsst hatte. Doch Ethan spürte den Unterschied. Nicht so sehr körperlich, aber etwas war einfach … anders. Und das war nicht überraschend. Sie war jetzt in D.J. verliebt. Auf den Krücken balancierend und nicht in der Lage, die Umarmung zu erwidern, blickte Ethan einfach über die Schulter zu seinem älteren Bruder. D.J. war ein guter Mann. Das waren all seine Brüder, aber trotzdem. Ethan fixierte D.J. mit seinen Augen und gab ihm dasselbe zu verstehen, was er jedem sagen würde, der das Herz von Becky Wilson eroberte – *pass gut auf.*

Mit einem Blinzeln und einem fast unmerklichen Nicken antwortete D.J. – *Hinweis erhalten.* Dann wanderte sein Blick liebevoll zu Becky und Ethan wusste, dass diese Worte nie ausgesprochen werden mussten. „Okay", D.J. trat vor. „Das ist genug Familienliebe."

Becky kicherte und schmiegte sich unter D.J.s Arm. Ihre Finger legten sich um die Hand, die über ihre Schulter hing. Oh ja. Ethan würde sich nie Sorgen machen müssen.

„Ich geh besser wieder in die Küche", Tante Eileen huschte an ihm vorbei und er war sich ziemlich sicher, dass er sah, wie sie sich über ein Auge wischte. „Ich mache gerade Kartoffelbrei. Und du", sie zeigte mit dem Finger auf ein neues Möbelstück im Wohnzimmer, „setzt dich hin."

Sein Vater nickte. „Wir dachten, dass du ich in einem Liegesessel wohler fühlen würdest als mit ein paar Kissen auf dem Sofa."

Ethan nickte. Viele Veteranen kamen nach Hause und hatten kaum oder nur wenig Unterstützung. Er hatte in seinem Leben definitiv ein gutes Los gezogen.

„Wir haben auf dich gewartet." Meg wischte sich die Hände an einer Schürze ab und kam aus der großen Küche ins Wohnzimmer.

Ethan blickte aus dem Sessel hoch, in den er sich gerade gesetzt hatte und griff nach dem Griff, mit dem man die Fußstütze verstellte.

„Nein. Bleib sitzen." Sie lehnte sich nach vorne und drückte ihn fest, während sie flüsterte. „Alles wird gut."

Ethan blinzelte und nickte.

Meg richtete sich auf und lächelte. „Wir haben keinen Platz mehr im Ofen, also findet das Backen nebenan statt. Toni und Catherine haben die Verantwortung dafür. Ich denke, Catherine hat keine Ahnung für was sie sich da gemeldet hat, aber Toni macht das schon."

Ethan nickte erneut und blickte durch den Raum. Wo war Brittany? Er hatte erwartet, dass eine der Frauen sie herumtragen und ihm sofort in die Hände drücken würde, sobald er durch die Tür kam. War es für alle so offensichtlich, wie unvorbereitet er auf diese ganze Situation war?

Megs Lächeln wurde breiter. „Finn hat sie. Bereit, deine Tochter kennenzulernen?"

Woher wusste sie, dass er das Baby suchte? Dann registrierte er, was sie gesagt hatte. „Finn?" Der Kerl konnte super mit Tieren umgehen, aber menschlichen Babys?

Adam kicherte. „Ja. Es hat sich herausgestellt, dass er von uns allen der beste Onkel Mama ist."

Bevor Ethans Gehirn die Bedeutung dieser Aussage erfassen konnte, stand der über ein Meter achtzig große Cowboy mit einem schlafenden Bündel über seiner Schulter neben ihm.

„Solltest du sie so halten?", fragte Ethan.

Mit einer Hand auf dem Rücken des Babys zuckte Finn mit der anderen Schulter. „Sie hat immer mal wieder Blähungen. Dann mag sie den Druck meiner Schulter." Mit überraschender Leichtigkeit tätschelte er das schlafende Baby, während er sie gleichzeitig auf seinen Unterarm gleiten ließ, sodass ihr Kopf an seiner Brust lag. „Wenn sie glücklich oder müde ist, ist das die beste Position. Ich denke, es liegt daran, dass sie meinen Herzschlag spürt."

Ethan wusste, dass er gaffte. Finn hatte keine andere Praxis als seine anderen Brüder. Keiner von ihnen hatte mit Puppen gespielt und wie D.J. und er selbst war Finn noch zu jung gewesen, um bei Grace zu helfen, als sie geboren wurde. „Wo hast du das alles gelernt?"

Finn zuckte erneut mit den Achseln. „Da gibt es nicht viel zu lernen. Das ist einfach gesunder Menschenverstand."

Gesunder Menschenverstand? Davon hatte Ethan genug. Er hatte ihn am Leben und gesund gehalten. Aber …

„Wirklich?" Finn lehnte sich vor und ließ das Baby in seine Hände gleiten. Sein Bruder wollte ihm offensichtlich das Kleinkind geben, aber zum ersten Mal in seinem Leben schien Ethan vielleicht eine

Panikattacke zu haben. Doch bevor er etwas sagen konnte, dröhnte Finns Stimme vor Gelächter.

Ethan konnte auch hören, wie seine anderen Brüder leise kicherten. Mit großen Augen wanderte Ethans Blick zu seinen verräterischen Brüdern. Adam und Brooks hatten den Anstand, sich zu räuspern und ein ernstes Gesicht zu machen. Doch nicht D.J.. Er verschränkte die Arme und sein Grinsen wurde noch breiter.

„Sie geht nicht kaputt." Finn streckte die Arme näher an Ethans Brust und die kleinen Ärmchen und Beinchen in dem rosafarbenen Strampler wackelten. „Beeil dich besser, sie wacht gleich auf."

Bevor er genau wusste, was passierte, hielt Ethan die sechs Kilo winziges Menschlein in seinen Händen.

„Wenn du sie weiter wie einen Sack Mehl hältst, wird sie nicht glücklich sein." Finn griff hinüber. „Dreh sie –"

„Was?" Ethans Kopf schoss zu seinem Bruder. *Drehen?*

„Gott erspare mir frische Väter." Finn schnaubte und schüttelte den Kopf. „Lass deine Augen in deinem Kopf." Finn hielt Brittanys Kopf in seiner Hand und half seinem Bruder das Baby so zu positionieren, dass Ethans Hand unter ihrem Po war und ihr Kopf in seinem Ellbogen lag. Dann richtete sich Finn auf und trat zurück. „So, war das so schwer?"

In diesem Augenblick erhoben sich dunkle Augenbrauen und strahlende Augen blickten zu ihm hinauf.

Ethan machte sich bereit, dass das Baby wegen seiner unbeholfenen Art gleich zu schreien begann, doch wurde stattdessen von dem Blick vereinnahmt, mit dem das kleine Mädchen ihn musterte. Sie schien jeden seiner Gesichtszüge zu studieren, angefangen von seinem Haaransatz, bis zu dem Grübchen an seinem

Kinn. Als ihre Augen in seine blickten, zog sie die Beine hoch und trat. Instinktiv legte er seine Hand auf ihren Bauch und für jemand so kleines ergriff Brittany mit überraschender Agilitätseinen Daumen.

Ein plötzliches Anschwellen seiner Brust ließ all den Sauerstoff aus seinen Lungen strömen. Ihre Füße traten noch einmal und ihre Hand schüttelte seine und er sah, wie sich ihre Mundwinkel nach oben bewegten. Sie lächelte ihn an. Die Emotionen in ihm überschlugen sich schneller als er sie identifizieren konnte. Freude, Liebe, Stolz und zum ersten Mal, seit er von ihrer Geburt gehört hatte, – Wut. Nicht auf Brittany, sondern auf Fancy. *In einer Schachtel unter einer Bank.* Der Zorn auf die Mutter seines Kindes schoss nach oben, nur um von einem weiteren Treten, einem weiteren Schütteln und einem leisen gurgelnden Geräusch, das ihr Lächeln begleitete, zum Schweigen gebracht zu werden. Sein kleines Mädchen. Die er lieben und beschützen würde. Niemand würde sie je wieder in Gefahr bringen. Niemals.

Ethan hatte keine Ahnung, wie er dieses Kind allein großziehen und ihr gerecht werden sollte, doch er würde sein Bestes geben. Er zog seinen Blick von seiner Tochter – *seiner Tochter* – weg und blickte auf. Seine ganze Familie hatte sich um ihn versammelt, inklusive Connor, der ein junges Mädchen auf den Schultern trug, und Conners neuen besseren Hälfte. Er hatte nicht gehört, wie sie hereingekommen waren. Alle Anwesenden grinsten ihn an. Und er konnte es ihnen nicht verübeln.

Ethan wandte seine Aufmerksamkeit D.J. zu und atmete tief ein. „Was auch immer es kostet, ich will den besten Anwalt, den dein Freund empfehlen kann. Mit oder ohne Fancys Hilfe will ich, dass alles geregelt wird, damit niemand mir Brittany jemals wegnehmen kann."

Brittany zog an seinem Finger und verlangte seine Aufmerksamkeit. Ethan lächelte das kleine Mädchen an. Der Himmel möge denjenigen beistehen, die sich zwischen ihn und seine Tochter stellten. „Semper Fidelis, meine Kleine." *Semper Fidelis*.

KAPITEL VIER

Eine Million Dinge gingen Allison auf ihrer langen Heimfahrt durch den Kopf. Planung, Organisation, Kategorisierung und Durchsetzungsvermögen waren immer ihre Stärken gewesen. Das war ein Teil der Fähigkeiten, die sie beim MHI zu seiner guten Teamleiterin gemacht hatten. Bis sie verarbeitet hatte, was der Privatdetektiv ihr gestern Nachmittag über das Leben ihrer Schwester – oder zumindest den Teil, den sie herausgefunden hatten – erzählt hatte, seit Francine vor all diesen Jahren verschwunden war, drehte sich alles in Allisons Kopf. Selbst die durchgeschlafene Nacht in dem Motel zwischen San Diego und ihrem Zuhause hatte ihr nicht dabei geholfen, einen klaren Kopf zu fassen. Und jetzt, als sie über die Golden Gate Bridge fuhr, verstand sie nach all dem stundenlangen Nachdenken immer noch nicht, wie ihre Schwester ihr eigenes Fleisch und Blut bei einem Fremden hatte lassen können – in einer Schachtel.

Das Einzige, was sie sicher wusste, war, dass Brooklyn nicht gelogen hatte. Laut den wenigen Unterlagen, die sie erhalten hatte, hatte die Familie um eine medizinische Vorgeschichte gebeten. Scheinbar dachte jemand mit. Dadurch fühlte sie sich etwas besser. Aber es waren ihre eigenen Nachforschungen, die sie noch weiter beruhigten. So sehr, dass sie endlich wieder gut schlafen konnte, seit sie erfahren hatte, dass sie eine Nichte hatte. Mit dem Namen war sie in der Lage gewesen, über eine schnelle suche auf ihrem Handy etwas über die Familie, die sich um Brittany kümmerte, herauszufinden. Da sie jedoch nur an der Oberfläche gekratzt hatte, war sie versessen darauf, nach Hause zu kommen, sich ihren Laptop zu schnappen, mit ihrem Anwalt zu reden und einen Flug nach West-Texas zu buchen. So schnell wie nur möglich.

Auf ihrem Armaturenbrett zeigte ein blinkendes Licht einen eingehenden Anruf an und Allison nahm ihn über den Knopf an ihrem Lenkrad an. „Hast du mich vermisst?"

Mark, ihr Mentor und der Chef ihrer Abteilung am County Hospital, antwortete: „Wann kommst du an?"

Seine Stimme klang alarmierend. „Ich bin noch dreißig Minuten von zuhause entfernt."

„Und vom Krankenhaus?"

„Nächste Ausfahrt."

„Gut. Es gibt einen Notfall. Autounfall. Eine werdende Mutter, achtundzwanzigste Woche. Stevens ist auf dem Weg, aber mir wäre lieber, wenn du das übernimmst."

Sie blickte auf die Uhr. Die Lage, in der sich der Fötus befand, musste ernst sein, wenn Mark wollte, dass sie das übernahm. Texas und ihre Nichte mussten wohl mindestens noch einen Tag warten.

„Du wirst damit vor Gericht müssen." Grace reichte, die Schüssel mit Knoblauch-Cheddar-Kartoffelbrei nach rechts weiter.

„Das ergibt keinen Sinn." Connor nahm sich ein Stück Brot und blickte seine Verlobte an.

Es war erst ein paar Stunden her, seit Ethan durch die Tür getreten war, aber seine Geschwister und das neueste Mitglied der Familie waren bereits wie Balsam für seine Seele.

Catherine zuckte mit den Achseln. „Ich mache kein Familienrecht, aber so viel weiß ich. Einen eidesstattlichen Verzicht auf elterliche Rechte zu unterschreiben, ist nur der erste Schritt. Damit das rechtskräftig wird, brauche es eine richterliche Entscheidung."

„Siehst du." Grace streckte ihrem Bruder die Zunge raus. „Wir haben Glück, dass der Vordruck, den die Frau benutzt hat, alle Schlüsselpunkte beinhaltet, um von einem Richter anerkannt zu werden."

„Und dass sie es notariell beglaubigen ließ", fügte Catherine hinzu. „Ich wünschte nur, dass es auch Zeugen unterschrieben hätten."

Grace nickte. „Normalerweise bedarf ein unwiderruflicher Verzicht auf die elterlichen Rechte, wie der, den diese Frau unterschrieben hat –"

„Francine", korrigierte Ethan. Er wusste nicht warum, in vielerlei Hinsicht stimmte er mit seiner Schwester überein. Jeder, der ein Kind in einer verdammten Schachtel an einer Tür aussetzt, verdient den Respekt beim Namen genannt zu werden nicht, und doch, Fancy würde immer Brittanys Mutter bleiben. Irgendwie klang *diese Frau* einfach nicht richtig.

Grace verdrehte die Augen und erinnerte Ethan an die bockige Teenagerin, die immer diesen Platz am Tisch besetzte. „Fran-cine", betonte Grace deutlich, „hätte ihn auch von zwei Zeugen unterschreiben lassen sollen, aber ein guter Richter sollte keine Zweifel daran haben, dass Francines mit ihrem Verhalten nicht in Brittanys bestem Interesse gehandelt hat."

Catherine streckte ihren Arm aus und schloss ihre Hand um die von Conner. Die Finger rutschten an ihren

Ort, als wären sie schon immer zwei Teile eines Ganzen gewesen, doch der feste Griff sagte Ethan noch mehr. Grace war vielleicht überzeugt, dass die fehlenden Unterschriften kein Problem darstellen würden, doch Catherine war nicht derselben Meinung.

„Was ist mit dem Rest ihrer Familie?" Sean Farraday blickte zu seinem Sohn, dem Polizeichef." Die Schwester. Haben sie sie schon gefunden?"

„Sie haben sie nie verloren. Sie war nur bis vor ein paar Wochen noch nicht erreichbar." D.J. legte Messer und Gabel auf den Tisch. „Ich wollte bis nach dem Essen warten, aber –"

„Aber was?" Ethans Magen revoltierte.

„Ich habe vorhin einen Anruf von Brooklyn bekommen. Gestern hat einer seiner Ermittler der Schwester Ethans Namen und unsere Bitte um die familiäre Krankengeschichte weitergegeben.

„Die Schwester kannte Ethans Namen nicht?" Tante Eileen sprach zum ersten Mal, seit das Thema der Unterhaltung auf Brittanys Mutter umgeschwenkt war.

„Sie haben sich entfremdet", erklärte Ethan. Fancy hatte ihre Schwester ein paarmal erwähnt. Sie war extrem stolz auf sie, weswegen er so überrascht war, als Fancy ihm gesagt hatte, dass sie sich nicht mehr gesehen hatten, seit sie Teenager waren.

D.J. nickte. „Die Schwester wusste nicht einmal, dass Francine ein Baby hatte."

„Und …", hakte sein Vater nach.

„Die Schwester ist nicht froh darüber, dass Francine Ethan das Baby gegeben hat."

„Ja, also …" Sean bewegte sich auf seinem Stuhl und Ethan konnte sehen, dass sein Vater seine Worte genau überdachte. „Hierbei geht es nicht darum, was ihre Schwester glücklich macht."

Nein. Nein, geht es nicht." D.J. drehte sich zu

Grace und dann zu Catherine. Beide sahen ihn mit zusammengepressten Lippen an. „Ihr zu sagen, wer Ethan ist, schien der einzige Weg zu sein, sie dazu zu bewegen, alle Informationen, die sie über Francine hatte, preiszugeben. Schließlich habt ihr gemeint, dass es sehr helfen würde, Ethans Rechte zu wahren und Brittany zu beschützen, wenn Francine eine neue Verzichtserklärung unter Zeugen unterschreiben würde.“

Catherine seufzte.

„Mir gefällt das trotzdem nicht“, Grace legte ihre Serviette auf den Tisch und schob ihren Stuhl zurück. „Ich denke, ich brauch eine Nachspeise.“

Ethan blickte Catherine an. „Kann uns die Schwester Probleme machen?“

Catherines Augen funkelten und ihre Lippen formten sich zu einem Lächeln. „So eine Frage hätte ich nicht erwartet, ihr Männer verblüfft mich. Jeder einzelne von euch ist zu gut, um wahr zu sein.“

„Entschuldigung?“ Connor warf ihr ein übertrieben breites Grinsen zu.

Den Kopf schüttelnd drehte sie sich zu Ethan. „Ich meine nur, dass die meisten Männer in deiner Lage alles tun würden, um die Vaterschaft abzuerkennen oder sich zumindest von der Verantwortung zu befreien.“

„So machen das Farradays nicht“, sagte Ethan, bevor sein Vater es konnte. Nicht, dass seine erste Reaktion auf die Nachricht über seinen Nachwuchs *Nie im Leben* war. „Also, wie lautet die Antwort?“

„Ja und nein. Die Beziehung der Tante ist rechtlich gesehen weniger gewichtig als deine. Als Brittanys Vater laut der Geburtsurkunde und eines Vaterschaftstest, der während deines Krankenhausaufenthalts gemacht wurde, stehen die Interessen der Tante unter deinen.“

„Ich höre da ein *aber*." Adam nahm die Hand seiner Frau Meg. Alle am Tisch beobachteten Catherine mit aufmerksamen Augen. Nur die kleine Stacy hatte größeres Interesse an dem kleinen Baby, das in der Wiege neben dem Tisch stand.

„Aber", Grace meldete sich zu Wort, „ihre Einsprüche *könnten* den Richter dazu bewegen, das Gesuch um Aufhebung der elterlichen Rechte abzulehnen."

„Verdammt", murmelte Ethan leise und mehrere ähnliche Geräusche ertönten am Tisch.

„Nicht notwendigerweise", sagte Catherine, „aber es wäre eine gute Idee, das lieber schnell in Angriff zu nehmen."

Ethan nickte. Seit dem Augenblick, in dem er sich aus dem Hubschrauberwrack befreit hatte, war sein erster und einziger Gedanke gewesen, schnell gesund zu werden, um wieder ins Cockpit steigen zu können. Doch seit er seine Tochter das erste Mal gesehen hatte, freundete er sich, wenn auch langsam, mit dem Gedanken an, Vater zu sein. Jetzt musste er nur noch herausfinden, wie er beides unter einen Hut bringen konnte.

KAPITEL FÜNF

„Sie ist wunderschön, nicht wahr?" Tante Eileen blieb neben Ethan stehen.

„Ich hoffe, du erwartest kein Widerwort von mir?" Das mobile Babybettchen war die ganze Woche im Wohnzimmer aufgestellt gewesen. Ethan konnte nicht viel mit dem Baby machen, solange er sein Bein nicht belasten konnte. Aber er war sehr gut darin geworden, sie von seinem Liegesessel aus beim Schlafen zu beobachten. Da eine Hand immer noch durch einen Verband geschützt werden musste, war er noch vom Windeldienst befreit, aber nachdem er seiner Tante und seinem Bruder dabei zugesehen hatte, war Ethan davon überzeugt, dass dies ein Klacks sein würde. „Übrigens", er wartete, bis sie von dem Baby zu ihm blickte. „Danke."

Die Augen seiner Tante strahlten ihn an. „Du weißt doch, dass ich Babys liebe."

„Das tue ich. Aber trotzdem danke. Es ist sicher nicht einfach, nachts wegen ihr aufzustehen und dich den ganzen Tag lang um uns beide zu kümmern." Leider würde es wegen seines Beins mindestens noch ein paar Wochen dauern, bis er in der Lage sein würde, das Baby herumzutragen und in der Nacht beim Fläschchen geben zu helfen.

„Du bekommst sicher bald das Okay, dass du dein Bein bald wieder belasten darfst, dann kannst du den Rest von uns die Nacht durchschlafen lassen." Tante

Eileens ernste Worte waren von einem Lächeln begleitet.

Die Wahrheit war, dass seine Tante ihn vermutlich nicht helfen lassen würde, sobald er dazu in der Lage war. Verdammt, laut D.J. und Becky hat Tante Eileen Brittany sofort samt Krippe und Windeltasche auf die Ranch gebracht, sobald er hatte verlauten lassen, dass er sich Urlaub nehmen wollte, um für sie zu sorgen.

„Sie schien jede Nacht länger zu schlafen. Ich denke, du hattest mit diesem Ding recht." Mehr als einmal hatten sein Vater und seine Tante darauf bestanden, dass das diesem unglaublich teuren Kinderwagen zuzuschreiben war, den seine Tante bestellt hatte, um das alte rostige Teil auf dem Dachboden zu ersetzen.

„Dieses *Ding* ist jeden Penny wert, glaub mir. Immer wenn Brittany anfängt, unruhig zu werden, strecke ich nur den Arm aus, greife nach dem Griff und wiege sie ein wenig. Und schon schläft sie wieder tief und fest. Das mache ich, bis sie ihren Mitternacht-simbiss will."

„Hat Mom das auch mit uns gemacht?"

„Ich denke schon. Ich habe alles auf die schwere Art gemacht, als Grace zur Welt kam." Seine Tante strich dem schlafenden Baby über den Kopf. „Adam war derjenige, der erwähnt hat, dass eure Mom den Kinderwagen immer nahe am Bett stehen ließ. Danach war es nicht mehr schwer, hinter den Rest zu kommen."

Ethan nickte, nicht dass er überzeugt war, dass er allein auf irgendetwas gekommen wäre.

„Schon irgendwelche Infos von dem Anwalt bezüglich der eidesstattlichen Erklärung?"

„Nichts Neues. Wir können lediglich warten, bis wir unseren Gerichtstermin haben."

„Hmm", jammerte Tante Eileen, entfernte sich von

ihm und wischte ihre Hände an ihrer Jeans ab. „Ich ziehe mir ein Shirt an, auf das noch niemand gespuckt hat. Ich muss ein paar Vorräte aus der Stadt holen. Grace sollte bald von der Arbeit mit Finn zurückkommen. Dann wollte sie auf das Baby aufpassen. Ich dachte, du könntest einen Tapetenwechsel brauchen, nachdem du schon die ganze Woche hier festsitzt."

„Da hast du recht." Den ganzen Tag in einem Sessel sitzen und nichts zu tun, außer nachzudenken, war ein Garant dafür, einen Mann verrückt zu machen. Selbst wenn er dabei seine wunderschöne neugeborene Tochter anstarren konnte.

„Sobald deine Schwester bereit ist, fahren wir los. Wenn Brittany aufwacht und ihr Fläschchen will, rede einfach mit ihr, bis ich wieder da bin."

Ethan nickte, während seine Tante verschwand. Kaum war sie die Treppe hinaufgegangen, öffnete Brittany die Augen. Er bemerkte, dass sie sich für gewöhnlich erst umsah, bevor sie irgendjemanden wissen ließ, dass sie wach war. Laut seiner Tante bedeutete das, dass sie sehr klug war und jede kleinste Information aufsaugte. Dieses Thema war mehr als einmal am Esstisch besprochen worden. Finn, der dem Baby dem Spitznamen Bree gegeben hatte, glaubte, dass es einfach bedeutete, dass sie als weise und gelassen Seele geboren war. Grace tendierte eher zur Philosophie seiner Tante und dass Brittany in punkto Intelligenz nach Grace kam. Die einzige Schlussfolgerung aus dieser Debatte war, dass Grace sich als ziemlich schlau herausgestellt hatte, doch dass sie als Kind bei weitem nicht einfach war. Und ob die Beobachtung ihrer Umgebung nun ein Zeichen für Intelligenz war oder nicht, war egal, da Brittany definitiv ein kluges Baby war.

Brittanys Blick wanderte in seine Richtung und als

sie sein Gesicht erblickte, lächelte sie. Er liebte es, dass sie ihn bereits jetzt erkannte. Das war das Einzige, was ihm wichtig war. „Hey meine Süße. Hast du gut geschlafen?"

Nur mit einem blassgrünen T-Shirt und einer Windel bekleidet winkte Brittany mit den Armen und trat mit den Beinen, während die Spitze ihrer Zunge aus ihren lächelnden Lippen hervorragte.

„Ich nehme das mal als Ja. Denkst du, dass du dich stillhalten kannst, wenn dein Dad versucht, dir die Windel zu wechseln, damit ich das mit einer Hand tun kann?" Sowohl ihre Arme als auch ihre Beine hörten auf sich zu bewegen und Ethan musste mehrmals Blinzeln, während er wartete, dass sie wieder anfing herumzutollen. Doch als sie sich nicht regte, zuckte er mit den Achseln. „Nun gut, ich denke, das ist ein Ja. Bereit, wenn du es bist."

Ethan erhob sich aus dem Sessel und platzierte sich auf seine Krücken gestützt strategisch neben ihrem Bettchen. Er schnappte sich eine Windel und legte sie und ein paar Feuchttücher neben ihr bereit. „Das wird ein Kinderspiel." Obwohl er sich nicht sicher war, wen er damit beruhigen wollte, sie oder sich selbst.

Nicht mehr lächelnd studierte Brittany ihn erneut. Als er die Windel geöffnet hatte, sandte er ein stilles Dankgebet dafür in den Himmel, dass sie nur feucht war. Nachdem er Brittany saubergemacht hatte, atmete er erleichtert auf. Ihm war gar nicht in den Sinn gekommen, dass er sie verletzen könnte. Er hatte nie darüber nachgedacht, dass seine Hände so riesig waren. Eigentlich waren sie nur Durchschnitt für einen Mann seiner Größe. Aber ein so weiches und zartes kleines Wesen zu berühren, machte ihm bewusst, wie groß und rau seine Hände doch waren.

Jetzt kam der spaßige Teil. Seine Tante nahm Brittany für gewöhnlich mit einer Hand an den

Knöcheln, hob ihren Po leicht an und schob dann eine frische Windel darunter. Doch irgendetwas mit seiner verletzten Hand zu nehmen, war noch keine Option. Aber er war ein Marine, er hatte schon schwierigere Aufgaben wie diese gemeistert. Schwankend schüttelte er die zusammengelegte Windel auf und legte sie ab. Brittany trat mit den Füßen und Ethan lachte. Erst ein paar Monate alt und schon war sie genervt von ihrem alten Herrn, weil er so lange brauchte. „Okay. Versuchen wir es so." Er hob abwechselnd ihr linkes und ihr rechtes Bein mit seiner guten Hand an und schob die Windel zentimeterweise unter ihren Po. Nach ein paarmal hin und her hatte er fast die ganze Windel unter ihr. „Das sollte reichen", murmelte er.

Auch wenn er noch nicht die feinmotorischen Fähigkeiten hatte, etwas mit seinen Fingern zu greifen, so konnte er doch zumindest seine verletzte Hand auf die mittlerweile auf ihren Bauch gefaltete Windel legen, um sie zu fixieren. Dann entfernte er die Schutzfolie von den Klebestreifen, fixierte erst die eine und dann die andere Seite. Auch wenn die Windel etwas schief wirkte, so strahlte er Brittany doch stolz an.

Brittany fing wieder mit Winken und Treten an und schien ebenfalls mit seiner Leistung zufrieden zu sein. Wenn er sie doch nur in die Küche tragen konnte, um ihr wie ein normaler Dad ein Fläschchen zu machen. Oder würde das vielleicht doch klappen? Laut Brooks machte sein Fuß schnellere Fortschritte als erwartet. Jeden Tag fiel es Ethan leichter mit den Zehen zu wackeln, doch ein Gefühl in seiner Magengegend sagte ihm, dass er noch nicht ganz über den Berg war.

Nachdem er seine Krücken an das Bettchen gestellt hatte, balancierte er auf seinem guten Bein, wobei er seine bandagierte Hand als Gegengewicht nutzte, und hob Brittany auf und an seine Brust. Dann drehte er sich um und hinkte zurück zu seinem Liegesessel. Als sich das kleine Ding an ihn kuschelte und mit dem Daumen seiner verletzten Hand spielte, kam Ethan zu dem Schluss, dass er vielleicht die eine Sache gefunden hatte, die er mehr liebte, als für Uncle Sam zu fliegen.

Cowboys, Pferde und die trockene Landschaft sahen in den Western im Fernsehen viel romantischer aus als an dem Truck-Stop in Texas. Das Einzige, was Allison über die Pferde in dem geparkten Anhänger sagen konnte, war, dass sie groß waren. Wirklich groß. Und die Cowboys, sie waren vermutlich echt, doch die wenigen, denen sie heute begegnet war, waren eher dürr und trugen staubige Jeans. Und das klirrende Geräusch, wenn sie gingen, nervte sie zusehends. Zuerst hatte sie nicht wirklich gewusst, woher es kam, doch schließlich realisierte sie, dass zumindest ein paar der Männer Sporen an ihren Stiefeln hatten. Doch warum sie Sporen trugen, wenn sie lediglich Pferde in einem Anhänger von A nach B fuhren, verstand sie nicht.

Die Farradays mochten vielleicht nette Menschen sein, doch die immer deutlicher werdende Vorstellung, dass ihre Nichte in Overalls und auf einem Grashalm kauend oder bis zu den Knien in Kuhmist stehend aufwuchs, hatten Allison überzeugt, dass es die richtige Entscheidung gewesen war, nach Texas zu kommen. Und das eher früher als später. Sie hatte genügend Zeit gehabt, darüber nachzudenken, doch wusste immer noch nicht, was sie tun würde. Laut den Anwälten, mit denen sie gesprochen hatte, hatte der Vater alle Karten in der Hand, weswegen sie sich etwas einfallen lassen musste.

„Warum würde irgendjemand hier draußen eine Stadt gründen?" Zwanzig Minuten lang hatte sie auf irgendein Zeichen von Leben gewartet. Das erste kam in Form eines großen Anwesens aus der Zeit des Sezessionskriegs und kurz danach sah sie ein paar Männer und Trucks abseits der Straße stehen. Das gab ihr Hoffnung, dass ihr Navi doch nicht verrücktspielte. Noch etwas weiter und ihr Herz machte einen Satz, als eine Ansammlung von Gebäuden am Horizont auftauchte. Ihr Magen knurrte laut und erinnerte sie daran, dass die Packung Chips und die Cola, die sie vor ein paar Stunden an einer Tankstelle mitgenommen hatte, leer waren. Da die einzige Übernachtungsmöglichkeit in der Stadt ein Bed-and-Breakfast war und man sie so früh nicht erwarten würde, rief das Neonschild über dem Café vor ihr laut ihren Namen.

Allison bog auf den Parkplatz neben dem Gebäude, stieg aus und blickte sich um. Der Ersteindruck war unerwartet. Sie wusste, dass das Bild von unbefestigten Straßen und hölzernen Bürgersteigen mit Pferdestangen für das einundzwanzigste Jahrhundert etwas absurd war, doch trotzdem überraschten sie die hübschen Ziegelbauten und geteerten Bürgersteige. Irgendwie erinnerte sie die Hauptstraße eher an Mayberry als an das erwartete Wild Wild West.

„Guten Nachmittag." Ein älterer Gentleman in einem Mechaniker-Overall lächelte sie an, als er auf dem Weg in das Restaurant an ihr vorbeiging und sie überrumpelte, als er stehenblieb und ihr die Tür aufhielt.

„Oh. Danke." Der Innenraum des Restaurants wirkte, als hätte sie eine Reise in die Vergangenheit gemacht. Doch nicht auf die Art eines Retro-Restaurants, das eine vergangene Ära nachahmt, sondern auf Art eines gemütlichen alten Lokals mit abgenutztem, jedoch nicht schäbigem Mobiliar und

Dekor. Der alte Mann setzte sich auf einen Hocker an dem Tresen vor ihr, doch sie wollte irgendwo ein wenig versteckt sitzen. Es hatten sich bereits einige Köpfe zu ihr umgedreht. So reizend die Stadt auch wirkte, nahm sie nicht an, dass dieser Ort ein Touristenmagnet war und dass alle Anwesenden, die gerade in ihre Richtung starrten, Einheimische waren.

„Setz dich, wo du willst, Liebes." Eine Frau Mitte dreißig, plus minus ein paar Jahre lächelte Allison an, reichte ihr eine Speisekarte und zeigte mit einer Hand durch den Raum.

Allison erwiderte ihr Lächeln, begab sich zur rechten Wand des Cafés, die mehrere Nischen aufwies und setze sich in die am Ende. Von dort aus hatte sie einen guten Ausblick auf das Café, das sie ziemlich faszinierend fand. Scheinbar war Texas wirklich so gastfreundlich, wie die Schilder am Straßenrand beschrieben hatten. Bis jetzt lächelten alle Leute einander an und unterhielten sich auf dem Weg zu und von den Tischen. Die Kellnerin, die sie an der Tür begrüßt hatte, sprach alle Gäste mit Namen an. Mehr als einmal hatten Fremde Augenkontakt zu ihr aufgebaut und anstatt sich wegzudrehen, lächelten sie und nickten ihr zu, als wäre sie eine von ihnen und würde schon jahrelang hier wohnen.

Die Kellnerin stellte ihr ein Glas Wasser auf den Tisch. „Die Spezialität des Tages ist Franks Hackbraten, aber heute hat er sich mit dem Beef Stew übertroffen."

„Oh." Allison hatte eigentlich an einen Salat gedacht, aber Beef Stew klang sehr verlockend. „Hmm."

Anstatt verärgert zu sein, weil Allison ihr die Zeit stahl, verkniff sich die Frau ein verständnisvolles Lächeln. „Der Salat ist auch nicht schlecht, aber zu dem Hackbraten und dem Beef Stew gibt es hausgemachte Buttermilchbrötchen.“

„Stew“, sagte Allison, ohne noch einmal nachzudenken. San Francisco und die Bay Area waren berühmt für ihre kulinarische Vielfalt, doch die Art, wie das Wort *hausgemacht* über die Lippen der Kellnerin gerollt war, ließ Allison das Wasser im Mund zusammenlaufen.

Ohne eine Speisekarte, um sich vor den Blicken der Gäste zu schützen, zog Allison ihren E-Book-Reader heraus und öffnete ein Buch ihrer Lieblingsautorin. Nachdem sie ein paar Seiten gelesen hatte, tauchte eine Schüssel mit heißem Beef-Stew vor ihr auf, gefolgt von einem kleinen Teller mit zwei Brötchen und einem Stück Butter. „Ich hoffe, du machst keine Diät. Das ist echte Butter. Ich empfehle, sie zu verstreichen, solange die Brötchen noch warm sind.“

Allison verschwendete keine Zeit. Sie brach die Brötchen auf und spürte dabei, wie die Wärme aus ihrem Inneren entströmte, bevor sie die Butter darauf verteilte. Über verstopfte Arterien könnte sie sich an einem anderen Tag noch Sorgen machen. Die Kellnerin stand immer noch neben ihr, als Allison in das Brötchen biss. „Oh. Mein. Gott.“ Ihre Augen schlossen sich und Allison hörte, wie sie vor Entzücken stöhnte.

„Du machst wohl wirklich alles, um neue Kunden zu gewinnen.“

Allisons Augen öffneten sich, als sie die tiefe Stimme hörte. Sofort schoss Hitze in ihre Wangen. Ein Polizist. Was würden die Gäste, die in ihre Richtung blickten, wohl denken, wenn sie sich einfach unter dem Tisch versteckte?

„D.J., schikanier meine Kunden nicht, nur weil sie gutes hausgemachtes Essen zu schätzen wissen.“

Der Polizist hatte den Anstand, reumütig dreinzublicken. Dann sah er Allison in die Augen, nickte und schenkte ihr ein höfliches Lächeln. „Sorry

Ma'am. Ich wollte nicht unhöflich sein."

„Schon besser." Die Kellnerin nickte.

Die Art, wie die Abbie – Allison hatte sich eine Sekunde genommen, um das Namensschild auf ihrer Brust zu lesen – den Mann neckte, sagte ihr, dass die beiden sich auch privat gut kennen mussten. Aber andererseits, hatte Allison gerade nicht auch erlebt, dass die Kellnerin jeden hier auf dieselbe Weise behandelte?

„Ich warte auf meinen Bruder und meine Tante. Ich nehme eine Nische, damit er sein Bein ausstrecken kann."

„In Ordnung." Abbie lächelte ihn an und zeigte mit dem Finger zum Fenster. „Heute mit Streifenwagen."

Das musste eine Bedeutung haben, da das Grinsen des Kerls unglaublich breit wurde. „Endlich. Man hält nur ein gewisses Maß an Schreibtischdienst aus. Es ist schön, wieder auf der Straße zu sein."

„Wurde auch Zeit, dass die Ermittler fertig wurden." Ihre Lippen wurden schmaler, als Abbie ihm zunickte, bevor sie einen Schritt zurücktrat. „Ich bringe dir einen Kaffee und Kuchen, solange du wartest."

„Was gibt es heut?", fragte er.

„Süßkartoffel." Sie grinste und ging in Richtung Küche.

Nachdem der Mann seinen Hut an einen Haken gehängt hatte, drehte er sich zu Allison um. „Es tut mir leid, falls ich Ihnen Unbehagen bereitet habe. Abbie und ich kennen uns schon sehr lange und es ist schwierig eine Gelegenheit verstreichen zu lassen, um sie zu necken."

„Kein Problem. Ich habe mich einfach etwas hinreißen lassen, aber das ist einfach zu gut. Ich weiß nicht, ob es das Brötchen oder die Butter ist –"

„Ich denke, ein Bisschen von beidem. Frank macht die besten Buttermilchbrötchen im County, aber wenn

Sie immer nur Butter aus dem Supermarkt hatten, ist die frische Butter die Krönung des Ganzen."

„Sie haben vermutlich recht." Allison hatte von der freundlichen Einstellung von Kleinstädtern gehört, doch sie hatte immer gedacht, dass das gelegentliche Lächeln und Nicken ihrer Nachbarn in Marin County dasselbe war. Sie konnte sich nicht vorstellen, zuhause eine Unterhaltung mit jemandem zu führen, den sie noch nie zuvor gesehen hatte. Da sie nicht wusste, was sie noch sagen sollte, lächelte sie noch ein letztes Mal. Dann stach sie in ihr Beef Stew und tat so, als würde sie ihr Buch lesen.

„Es ist vorbei!"

Allison blickte gerade noch rechtzeitig auf, um zu sehen, wie eine strahlende ältere Frau durch das Café stürmte und sich praktisch in die Arme des Polizisten warf. Ihre Hände wanderten an beide Seiten seines Gesichts und sie starrte ihn stolz und freudig und voller Liebe an. War das die Tante, die er gegenüber der Kellnerin erwähnt hatte? Die beiden sahen eher wie Mutter und Sohn aus. Dieser Anblick brachte Allison zum Lächeln.

Gerade als Allison wieder wegsehen wollte, wanderte der Blick der älteren Frau zu ihr und Allison verspürte den starken Drang, sich unter dem Tisch verstecken zu wollen. Sie hasste es, beim Spionieren erwischt zu werden. „Entschuldigung, ich wollte nicht lauschen."

„Unsinn", die Frau winkte ihre Entschuldigung ab. „Ich machte auch nicht gerade einen Heel darum." Sie streckte ihre Hand in Richtung Allison. „Eileen Callahan. Sind Sie auf der Durchreise oder zu Besuch?"

Etwas überrascht schüttelte Allison der Frau die Hand. „Ich weiß noch nicht, wie lange ich hierbleiben werde."

„Lassen Sie sich von unserem verschlafenen Städtchen nicht täuschen, wir haben ein paar bezaubernde Läden und wenn sie Geisterstädte mögen, befinden wir uns hier im Geisterstadt-Gürtel."

„Geisterstädte?" *Ernsthaft?*

Der Polizist lächelte. „Das Einzige, von dem Texas noch mehr hat als von Kühen und Öl sind Geisterstädte. Über neunhundert. Jemand hatte einmal die Idee eine Linie von einer verlassenen Stadt zur anderen zu ziehen und dabei stellte sich heraus, dass West-Texas einen Gürtel aus verlassenen Städten besitzt, in denen niemand leben will."

„Meiner Nichte gehört das Bed-and-Breakfast in der Stadt und sie hat alle möglichen Infos und Karten über Sehenswürdigkeiten in der Gegend."

„Oh, ich glaube, dort habe ich eine Reservierung. Nun, falls es immer noch die einzige Unterkunft in der Stadt ist."

„Das ist es." Eileen rieb ihre Hände. „Sie werden es lieben."

Der Polizist, D.J., winkte mit der Hand und die andere Frau drehte sich in Richtung des Mannes, der gerade durch die Tür kam. Groß, breite Schultern, Jeans, ein hellblaues Hemd und ein Hut, den Allison für einen echten Stetson hielt. Genau, wie sie sich einen texanischen Cowboy vorgestellt hatte. Bis auf die Krücken. Aber trotzdem hatte er einen Gang, der ihre Augen direkt auf die große glänzende Schnalle an seinem Gürtel zog.

„Wie geht's dir, Brüderchen?", fragte der Polizist.

„Großartig."

Allison hätte nicht lauschen sollen, aber etwas in der Stimme des herannahenden Mannes hatte sie in ihren Bann gezogen. Sie konnte nicht aufhören, über ihren E-Book-Reader zu blicken.

„Ich habe kurz einen Abstecher gemacht, um Hi zu

Becky zu sagen." Der Mann auf den Krücken hatte ihr den Rücken zugewandt und hängte seinen Haken neben der Nische. Sie war sich nicht sicher, aber sie dachte, eine leicht drohende Haltung bei dem Polizisten zu erkennen. „Ich wollte ihr danken, dass sie dir geholfen hat. Das bedeutet mir viel."

Die Schultern des Polizisten entspannten sich sichtlich. „Ich bin mir sicher, dass ihr das viel bedeutet."

Der Cowboy drehte sich in ihre Richtung, als er sich setzte. Ein leicht verzerrter Gesichtsausdruck war um seine Mundpartie herum zu erkennen.

„Genau." Der Polizist schüttelte den Kopf. „Ich kann sehen, wie großartig es dir geht. Du sollst das Bein nicht ohne Grund nicht belasten."

„Es geht mir gut." Während er nach hinten rutschte, lächelte der Cowboy seinen Bruder an. Er hatte ein hübsches Profil, das zu seiner Stimme passte. „Wenn ich mich nicht wenigstens ein klein wenig bewege, dann bin ich ein neunzig pfündiger Schwächling, wenn ich diese Krücken endlich los bin."

Irgendwie bezweifelte sie, dass er je ein Schwächling sein würde. Sie löffelte weiter von ihrem Beef Stew und konzentrierte sich auf ihr Buch. In der Nische nebenan ging das Wortgeplänkel zwischen den zwei Männern und ihrer Tante weiter. Sie hörte Kichern und Witze. Offensichtlich war die Tante so aufgeregt gewesen, weil der polizeiliche Vorfall endlich untersucht und der Mann, der, wie sich herausstellte, der Polizeichef war, keines Fehlverhaltens für schuldig befunden worden war und nun wieder das Kommando über die Stadt hatte. Sie wusste nicht warum, doch aus irgendeinem Grund machte sie das glücklich. Sie mochte diese Leute. Die Worte auf ihrem elektronischen Gerät verschwammen, als sie darüber nachdachte, wie anders jetzt alles hätte sein können, wären ihre Eltern nicht so früh gestorben, oder hätte ihre Tante so eine Beziehung zu Francine und ihr gehabt, wie diese Frau scheinbar zu ihren Neffen hatte. Die drei gaben ein perfektes Bild ab. Aber andererseits, so etwas wie die perfekte Familie gab es nicht. Jeder hatte Leichen im Keller und es gab immer schwarze Schafe.

Nachdem sie den letzten Bissen ihres Beef Stews gegessen hatte, legte sie ihren E-Book-Reader weg und blickte auf der Suche nach der Kellnerin auf. In diesem Augenblick drehte sich der Mann mit der schönen Stimme und der glänzenden Gürtelschnalle zu seiner Tante und seine wunderschönen blauen Augen blickten in ihre. Er runzelte fragend die Augenbrauen, bevor sich seine Augen plötzlich vor Überraschung weiteten. Heiliger Strohsack. Was zum Teufel machte der Kerl aus dem Park in San Diego in dieser texanischen Kleinstadt?

KAPITEL SECHS

Ethan musste blinzeln. Zweimal. Und dann noch einmal. Sicherlich spielten seine Augen ihm Streiche. Es konnte nicht sein, dass die hübsche Brünette am Tisch neben ihnen dieselbe Frau aus dem Park in San Diego war. Es war einfach unmöglich.

„Was ist los?" Seine Tante streckte den Arm über den Tisch und legte ihre Hand auf seine.

Als er dieselbe Überraschung, die er verspürte, auch in den Augen der Frau sah, war er sich sicher. Sie musste es sein.

„Ethan?", versuchte Tante Eileen es erneut.

Die Besorgnis in der Stimme seiner Tante riss ihn aus seinen Gedanken. „Nichts, ich bin nur etwas überrascht." Er wusste, dass die Welt klein sein konnte, aber das hier war doch etwas lächerlich. Die Aufregung, sich erneut mit ihr unterhalten zu können, führte einen Krieg mit der Vorsicht, die er in den Jahren auf dem Schlachtfeld aufgebaut hatte. Schande über all jene, die auf etwas hereinfielen, dass zu gut um wahr zu sein schien. Für gewöhnlich war das angepriesene Strandgrundstück nur ein Fleckchen in der kargen Wüste.

„Hi." Ihre Stimme klang etwas zittrig.

Er konnte es ihr nicht verübeln. Er fühlte sich ebenfalls etwas aufgewühlt. Vielleicht wäre ein Lächeln angebracht. Tarnung. Lass nie jemanden sehen, dass du schwitzt. „Hallo."

Seine Tante drehte den Kopf, um die junge Lady und dann wieder ihn anzusehen.

„Schön zu sehen, dass Sie das Bein endlich hochlagern", sagte die Brünette mit größer werdendem Lächeln.

„Ja. Es heilt sehr schnell."

„Gut. Gut."

Seine Tante blickte erneut hin und her, doch dieses Mal war es D.J. der fragend dreinblickte. „Ich nehme an, ihr kennt euch?"

„Nicht wirklich." Die Frau neigte den Kopf zur Seite, als würde sie ihn studieren. Es war immer noch ein leichtes Lächeln auf ihren Lippen zu erkennen, doch es wurde von ihren Zweifeln in Zaum gehalten.

„Wir haben uns flüchtig in Kalifornien kennengelernt", erklärte er.

Sämtliche Farbe schoss aus Tante Eileens Gesicht, während ihr Kopf erneut zu der Frau schoss und dann genauso schnell zurückschnellte, um Ethan fragend anzublicken. Er brauchte ein paar Sekunden, bis er die Panik in ihren Augen erkannte. Er schüttelte den Kopf. Nein, das war nicht die Mutter seines Kindes. Fancy war eine müde wirkende, blauäugige Blondine. Das Mädchen ihm gegenüber sah viel jünger aus, als sie wegen ihres Arztberufs sein musste, und ihre grauen Augen passten gut zu ihren dunklen Haaren.

Seine Tante atmete erleichtert auf und Ethan drehte seine Hand unter ihrer, um diese beruhigend zu drücken.

„Sie wohnen hier in der Gegend?" Die Brünette blickte ihn mit nachdenklichen Augen an. Es fiel ihr scheinbar schwer, diesen Zufall zu akzeptieren.

„Eigentlich wohne ich in Kalifornien, aber das hier ist mein Zuhause."

„Oh. Verstehe." Das Zögern in ihrer Stimme sagte jedoch das genaue Gegenteil. „Wo ist Ihr Hund?"

„Mein Hund?"

Seine Tante blickte erneut hin und her und murmelte: *Hund.*

„Der, der meinen Mittagessen gestohlen hat."

Ethan schüttelte den Kopf. „Ich habe keinen Hund. Ich dachte, es wäre Ihrer."

„Nein." Die Frau schüttelte den Kopf.

Der Kopf seiner Tante wanderte weiter hin und her, als würde sie ein Tennis-Match verfolgen, während ihre Augen vor Interesse größer wurden. „Was für eine Art Hund?"

Beide blickten seine Tante an, doch die Brünette sprach als erste. „Zottelig."

„Zottelig?" Die Mundwinkel seiner Tante zogen sich zu einem Lächeln nach oben.

Ethan ignorierte seine Tante. „Er sah nicht wie ein Streuner aus. Er muss wohl jemand anderem im Park gehört haben."

„Streuner?", wiederholte seine Tante, deren Grinsen immer breiter wurde.

D.J. hustete und verkniff sich ebenfalls ein Lächeln. Was stimmte mit den beiden nicht?

Auf sein leises Husten hin, drehte sich die Frau zu seinem Bruder, der am Fenster lehnte. Ihr Blick schweifte über seine Schulter und sie deutete mit der Hand in seine Richtung. „So wie der."

Alle Köpfe in Ethans Nische drehten sich zu dem großen Hund auf dem Bürgersteig, der zum Fenster des Cafés aufblickte. D.J. musste sofort lachen.

„Er ist wieder da." Seine Tante rieb sich begeistert die Hände und drehte sich zu der Frau. „Ist das nicht schön. Ich habe Ihren Namen gar nicht mitbekommen."

„Allison."

„Und weswegen sagten Sie, sind Sie nach Tuckers Bluff gekommen?"

„Einer persönlichen Angelegenheit." Ihr Blick traf

auf Ethans und er bekam das seltsame Gefühl, dass ihm nicht gefallen würde, was auch immer diese persönliche Angelegenheit war.

„Nun", seine Tante richtete sich auf, „sobald sie sich eingewöhnt haben, muss mein Neffe Adam sie zur Ranch bringen. Wie ich schon sagte, seiner Frau gehört das Bed-and-Breakfast, in dem sie wohnen. Und ich würde Ihnen gerne die echte texanische Gastfreundlichkeit zeigen."

„Tante Eileen." D.J.s Worte waren leise, doch ernst.

Ethan hatte hier wohl etwas verpasst.

„Es war ein langer Flug und eine lange Fahrt. Ich muss mich erst ausruhen und mich um meine Angelegenheiten kümmern. Aber ich danke Ihnen für das Angebot, Mrs. Callahan."

„Mrs. Callahan war meine Mutter. Die Leute hier nennen mich Tante Eileen." Sie drehte sich zu D.J.. „Los, sag ihr, dass sie vor uns keine Angst haben muss."

„Darüber wäre ich mir nicht ganz sicher", murmelte D.J..

„Oh", Allisons Hand flog auf ihre Brust und ihre Augen weiteten sich. „Ich wollte nicht andeuten –"

„Natürlich nicht." Tante Eileen winkte ihre Sorgen ab. „Schon gut. Aber Sie können diese Stadt nicht besuchen, ohne zumindest meinen glasierten texanischen Pekannusskuchen probiert zu haben. Ich bestehe darauf." Tante Eileen drehte sich zu Ethan. „Warum lädst du die Lady nicht offiziell ein, vielleicht klingt das Angebot besser, wenn es von einem netten *ledigen* Gentleman kommt."

Ethan seufzte. *Oh verdammt.*

„Und wo sind meine Manieren. Das ist mein anderer Neffe, Ethan –"

Dieser erschrockene Ausdruck kehrte in Allisons Augen zurück.

„– Farraday", beendete seine Tante.

„Farraday?", murmelte Allison, wobei ihr Blick von einem Mann zum anderen schoss.

„Sind Sie in Ordnung?" D.J. winkte der Kellnerin.

Ethan sprang fast von seinem Platz auf. Wie bei seiner Tante zuvor, war all die Farbe aus dem lieblichen Gesicht der Brünetten geschossen und er hatte ein wenig Angst, dass sie umkippen würde.

„Bereit für die Nachspeise?" Abbie war an den Tisch gekommen.

„Ich denke, die Lady könnte noch etwas Wasser vertragen", sagte Ethan.

„Nein." Allison schüttelte den Kopf. „Nein. Ich, ähm, muss los. Wie weit ist es bis zu dem Bed-and-Breakfast?"

Abbie deutete mit dem Daumen über die Schulter. „Nur ein Stückchen die Straße hinunter."

„Gut." Allison nickte. „Wo kann ich meine Rechnung bezahlen?"

„Wir legen hier keinen Wert auf Förmlichkeiten. Normalerweise bezahlen die Leute an der Kasse, aber ich kann sie holen."

„Nein. Nein. Das ist in Ordnung." Sie nahm ihre Handtasche und stand auf. „Ich zahle an der Kasse." Sie drehte sich noch einmal um und blickte die drei an, wobei etwas Farbe in ihre Wangen zurückgekehrt war. „Wir sehen uns bald wieder."

Tante Eileen lächelte. „Ich nehme Sie beim Wort."

„Ja. Gute Nacht."

Das Mädchen rannte davon, als hätte sie den Sensenmann höchstpersönlich gesehen, und Ethan dachte, dass er seine Theorie genauso gut gleich testen könnte. „Ich bin gleich wieder da."

„Wohin gehst du?", fragte seine Tante.

„Ich will mit ihr reden."

Tante Eileen lehnte sich zurück. „Gute Idee. Rede mit ihr."

„Tante Eileen", murmelte D.J. etwas genervt. Ethan würde später herausfinden müssen, was mit seiner Tante und seinem Bruder los war. Jetzt musste er zu der Frau humpeln, bevor sie verschwinden konnte. Er wusste nicht, wer Allison war, aber er hoffte bei Gott, dass es bei ihrer Angelegenheit nicht um Brittany ging. Doch jede Faser in seinem Körper sagte ihm, dass genau das der Fall war.

Allison drückte die Eingangstür des Cafés auf, eilte zu ihrem Mietwagen und atmete tief durch, sobald sie sicher darin saß. Ethan Farraday. Sie hatte lediglich aus dem Grund, ihre Nichte zu sehen und persönlich mit Ethan Farraday zu sprechen, die weite Reise nach Tuckers Bluff auf sich genommen. Und was machte sie, sobald das erste Mal sein Name erwähnt wurde? Wie ein aufgeschreckter Hase davonlaufen. Und sie war kein ängstliches Häschen. Sie hatte im Dschungel Insekten der Größe von Ratten und gefährlichen Schlangen in die Augen geblickt, während sie in fast prähistorischem Umfeld moderne Medizin praktizierte. Doch allein die Erwähnung seines Namens und schon saß sie in ihrem geparkten Auto.

Was sie tun musste, war, hier zu verschwinden und sich zu sammeln. Sie hatte nicht erwartet im lokalen Café auf den Vater ihrer Nichte zu treffen. Was rückblickend vermutlich eine dumme Annahme war, wenn man die Größe dieser Stadt bedachte. Doch schon gar nicht hatte sie erwartet, dass sie ihn und seine Familie so mochte. *Verdammt.*

Sie durchwühlte ihre Handtasche und fand den Schlüssel. Als sie ihn gerade ins Zündschloss steckte, erschütterte ein Klopfen am Fenster ihre bereits blank liegenden Nerven noch mehr. Sich auf seine Krücken stützend stand Ethan Farraday neben ihrem Wagen. *So viel zu sich sammeln.*

Er sagte oder tat nichts. Er wartete lediglich darauf, dass sie das Fenster öffnete. Sobald sich die Scheibe genug gesenkt hatte, lehnte er sich vor. „Wer sind Sie?"

Sich ihrem Schicksal fügend atmete sie tief durch. „Allison Monroe." Ethan sagte nichts, er wartete lediglich, dass sie fortfuhr. „Mein voller Name ist Beatrice Allison Monroe."

„Die Schwester." Er schüttelte den Kopf und die Anspannung in seinen Schultern sagte ihr, dass er schon wusste, was sie wollte. „Wir müssen reden."

Ein Nicken schien nicht genug zu sein, doch ihr Mund wollte nicht kooperieren.

„Nicht hier", fügte er hinzu.

„Wo?", schaffte sie leise zu sagen.

„Sie haben nach dem Bed-and-Breakfast gefragt. Übernachten sie dort?"

Allison nickte.

„Ich hole meine Tante und treffe sie dort."

„Und das Baby?"

Sein Kiefer verkrampfte sich. „Sie ist auf der Ranch."

Sie hatte nicht realisiert, wie dringend sie ihre Nichte sehen wollte, bis die Enttäuschung über seine Antwort sie wie ein Schlag traf. „Gut. Geben Sie mir etwas Zeit, um auszupacken."

Er nickte erneut.

„Nun, wenn Sie mich entschuldigen." Ihr Finger zitterten leicht, als sie nach dem Schlüssel griff, und sie hoffte, dass Ethan es nicht bemerkte.

Sein Kinn zustimmend senkend, humpelte er rückwärst von der Tür weg.

Als sie sicher war, dass er weit genug entfernt war, fuhr sie aus dem Parkplatz. Im Rückspiegel sah sie diesen Hund am Rand des Gehsteigs sitzen und in ihre Richtung blicken. Sie schüttelte den Kopf und murmelte: „Ich frage mich, ob du verwandte in Südkalifornien hast?"

KAPITEL SIEBEN

Abbie legte ihr Gewicht auf einen Fuß und rotierte den Knöchel des anderen und schnappte sich die letzte Kanne Kaffee, bevor sie die Kaffeemaschine einschaltete, um eine frische aufzubrühen. Ihre Füße protestierten – sehr. Es war Zeit für ein neues Paar Schuhe. Sie hatte keine Kosten gescheut und sich die besten Arbeitsschuhe geleistet, doch bei sechseinhalb Tagen Arbeit pro Woche hatte die Senkfußeinlage ihre versprochene Lebensdauer nicht erreichen können.

„Hast du schon einmal daran gedacht, einen Tag frei zu nehmen?" Frank, der Koch, schob einen frischgebackenen Kuchen in die Auslage. „Einen ganzen Tag."

„Nein." Das Einzige, was ihr ein freier Tag bescheren würde, waren vierundzwanzig Stunden zum Nachdenken und Erinnern. Die Arbeit war ihr Freund.

Kopfschüttelnd schloss Frank die Vitrine. „Selbst Marines bekommen etwas Ruhe und Erholung."

Er musste gerade reden. Frank arbeitet länger als sie. Mit der noch warmen Kanne Kaffee in der Hand machte sie kehrt, um ihre Runde von Tisch zu Tisch zu drehen, als sie Ethan neben der Tür telefonieren sah. Sein Gesichtsausdruck sagte ihr, dass sein Tisch vermutlich etwas Härteres brauchen würde, doch fürs erste musste Kaffee genügen.

„Du musst dir das mit diesem Hund wirklich aus

dem Kopf schlagen, Tante Eileen." D.J. schüttelte den Kopf. „Er wird kaum durchs halbe Land reisen, um Ehefrauen für deine Neffen auszusuchen."

„Siehst du", Eileen winkte mit dem Finger, „du hast auch darüber nachgedacht."

Abbie verkniff sich ein Kichern. Sie hatte keine Ahnung, worüber die beiden sich stritten, doch wenn sie wetten müsste, würde sie auf die Farraday-Matriarchin setzen. „Mehr Kaffee?"

Tante Eileen schüttelte den Kopf, während D.J. auf seine Armbanduhr sah. „Vielleicht noch eine Tasse."

„Machst du deiner Tante Ärger?", fragte sie.

„Er ist einfach ein Mann", antwortete Eileen. „Und apropos Männer, wir sind zwar eine kleine Stadt, aber auch hier gibt es noch einige gute Junggesellen."

Abbie spürte, wie ein Grinsen an ihren Wangen zog. Von jedem anderen hätte sie das als Beleidigung aufgefasst. Aber irgendwie war sie froh, dass sie noch nie ins Fadenkreuz gekommen war, wenn sich der Tucker-Bluff-Ladys-Club ans Kuppeln machte. „Was soll ich dir sagen, Ms. Eileen, ich bin einfach zu heiß für diese Kerle."

Die ältere Frau brach in schallendes Gelächter aus. „Ich wette, das bist du."

D.J. zwinkerte ihr zu und Abbie dachte zum millionsten Mal daran, wie froh sie war, dass er die perfekte Frau gefunden hatte. Gute Kerle verdienten großartige Frauen und Becky war einfach herausragend. Abbie hingegen war glücklich mit ihrem Café liiert. So war das Leben einfach leichter.

Ethan hielt vor der Tür des Cafés inne, zog sein Handy heraus und rief seine Schwägerin an.

„Ethan!“, antwortete Meg.

„Hey. Hör zu. Wir haben ein Problem.“

„Was ist los?“ Der Enthusiasmus in ihrer Stimme war verflogen.

„Bei dir checkt gleich ein Gast ein. Eine Allison Monroe.“

„Ja.“

„Sie ist Francines Schwester.“

„Was?“ Megs stimme wurde eine Oktave höher. „Ist Francines Nachname nicht Langdon?“

„Ja, der Name ihres Mannes.“ Er hätte das kommen sehen müssen.

„Warte. Sie ist verheiratet?“

Er konnte sich Megs erschrockenen Gesichtsausdruck genau vorstellen. „Sie ist geschieden.“ Zumindest hatte sie ihm das erzählt und den Bericht, den Brooklyn geschickt hatte, hatte er sich nicht sehr genau angesehen. „Denke ich.“

„Du denkst?“ Megs Stimme wies eine Schärfe auf, die er noch nie zuvor gehört hatte. „Das ist verdammt wichtig.“

„Und gerade nicht das Problem.“

„Willst du, dass ich sie wegschicke? Ich glaube ich könnte da aus Versehen ein Doppelbuchung vorgenommen haben.“

„Nein –“

„Wenn du dir wegen meinem Geschäft sorgen machst, ist das unnötig.“

„Danke, aber in diesem Fall würde ich eher auf *Halte deine Freunde nahe bei dir, aber deine Feinde noch näher* setzen. Mach alles genau wie immer. Aber pass auf, was du sagst.“

„Also nicht über die Geisteskrankheiten, für die diese Familie so bekannt ist“, sagte sie trocken heraus. „Verstanden.“

„Ha, ha“, witzelte er. Doch er liebte es, dass Meg

einfach immer genau das Richtige sagte, um ihn etwas zu beruhigen. „Und danke. Ich rufe Adam an, um ihn ebenfalls vorzuwarnen."

„Ist sie schon auf dem Weg?" Ihr Ton wurde wieder ernst.

„Sie sollte jede Sekunde bei dir eintreffen."

„Okay. Treib alle zusammen und ich sehe mal, was ich herausfinden kann."

„Du bist die Beste."

„Daran erinnere ich deinen Bruder jeden Abend." Der Spaß in ihrer Stimme war zurückgekehrt.

„Darauf wette ich." Ethan gefiel nicht, was das Auftauchen von Fancys Schwester bedeuten könnte, doch er war glücklich, dass seine Schwägerin hinter ihm stand. Und sie verstand, was es bedeutete, eine Farraday zu sein. Zusammenhalt.

Er riss die Tür auf und ging hinein. Sich auf Krücken fortzubewegen war eine nervige Angelegenheit. Und wenn er es, so wie jetzt, eilig hatte, wurden sie zu einem absoluten Alptraum. Er bahnte sich so schnell wie möglich seinen Weg zu ihrer Nische und setzte sich zu D.J. und Tante Eileen.

„Was ist los?", fragte D.J. sofort.

Ethan zweifelte nicht, dass seine Sorge ihm ins Gesicht geschrieben war. „Das war Francines Schwester."

„Was?", sagten D.J. und seine Tante im Einklang.

„Sie wartet bei Meg auf uns."

D.J. lehnte sich vor. „Wann?"

„Ich habe ihr ein paar Minuten gegeben, um auszupacken."

Seine Tante blickte zum Fenster hinaus und dann wieder zu ihm. „Wir sollten Catherine anrufen."

D.J. nickte und Ethan erkannte seinen Fehler. Der Marine in ihm hatte keine Angst, sich in den Kampf zu stürzen. Doch dies war keine gewöhnliche Schlacht.

Und Meg war nicht die einzige neue Farraday, die hinter ihm stand. Er hoffte nur, dass es reichen würde, dass sie alle zusammenhielten.

Die ältere Lady, Tante Eileen, hatte recht gehabt. Die Straße führte an einem hübschen Stadtplatz vorbei und brachte sie zur Adresse des Bed-and-Breakfasts. Das farbenprächtige alte viktorianische Gebäude war so charmant und einladend, wie auf der Webseite angepriesen. Als sie die Straße hinunterblickte und all die viel kleineren Häuser sah, nahm Allison an, dass dieser ganze Block vermutlich einst der Garten des Gebäudes gewesen sein musste.

Schon in jungen Jahren hatte Allison gelernt, mit leichtem Gepäck zu reisen. Die meisten ihrer geliebten Besitztümer zurückzulassen, als sie zu Tante Millicent gezogen war, war der Anfang gewesen. Dann auf dem College und beim Medizinstudium und danach in ihrer bereits möblierten Wohnung, hatte sie nie viel gebraucht. Das Handgepäckstück, das sie zusammen mit ihrer Arzttasche aus dem Kofferraum holte, war Beweis genug dafür.

„Willkommen", rief eine große Rothaarige von der Veranda herunter. „Brauchen Sie Hilfe mit ihrem Gepäck?"

„Nein, Danke." Sie schlug die Heckklappe zu. „Das ist alles." Den kleinen Rollkoffer hinter ihr herziehend folgte Allison dem gepflasterten Weg zum Haus. Sie hatte ein älteres Hausmütterchen mit grauen Haaren erwartet. Aber diese Frau war weit von einem Hausmütterchen entfernt. Sie sah aus, als wäre sie gerade aus der Designerabteilung bei *Neiman's* gekommen.

Die lächelnde Frau hielt ihr die Tür auf. „Ich heiße Meg. Ich bringe Sie zu ihrem Zimmer und wenn sie fertig sind, können Sie für eine Tasse Tee und hausgemachten Streuselkuchen herunterkommen.“

„Sie backen?“ Allison folgte ihr die Mahagonitreppe hinauf.

Meg lachte. „Nicht einmal annähernd. Aber im Notfall kann ich Wasser kochen.“

Allison war froh, das Lachen erwidern zu können. Ihr Magen war wochenlang vor Nervosität verkrampft gewesen. Die Knoten hatten sich sogar noch verstärkt, als sie in Texas landete. Sie war immer noch angespannt, doch es ging ihr besser. Ihre ganze Welt würde auf den Kopf gestellt werden, wenn sie erreichen würde, was sie geplant hatte. „Das kenne ich nur zu gut.“ Den Kampf gegen die Küche aufzunehmen, war nicht so schwierig, doch sie hatte noch nie zu den Leuten gehört, die es genossen, Kräuter zu hacken und zum niederkniende Gerichte zu zaubern. Sie hatte ihr Medizinstudium mit Dosenravioli und Tiefkühlkost überstanden. Perfektes Training für das Leben im Dschungel und das Essen von Speisen unbekannten Ursprungs.

„Aber Sie müssen sich keine Sorgen machen.“ Meg blickte immer noch lächelnd über die Schulter. „Ich darf keine Backwaren zubereiten.“

„Ich war nicht im Geringsten besorgt.“ Ein weiterer Knoten in ihrem Bauch löste sich. Sie mochte ihre Gastgeberin. „Selbst wenn sie mir verbrannten Toast vorsetzen, werde ich begeistert sein.“

Meg bog am Ende der Treppe um die Ecke. „Nicht pingelig?“

„Verbranntes Gluten hört sich nach einer Steigerung zu einigen der Sachen an, die ich in letzter Zeit gegessen habe.“

„Oh, wirklich?“ Meg öffnete die Tür und trat

beiseite. „Das hört sich nach einer interessanten Geschichte an."

„Nicht wirklich." Allison blickte in das Zimmer und seufzte fast. Zum ersten Mal, seit sie ihr kleines Häuschen verlassen hatte, fühlte sie sich wirklich entspannt. „Oh, wow."

„Hübsch, nicht wahr?" Stolz funkelte in Megs Augen.

„Das ist untertrieben." Wände in blassem Gelb, nicht wirklich cremefarben, aber auch nicht sonnengelb, boten einen hellen Kontrast zu dem dunklen Holzboden. Nachdem sie ihr Gepäck auf einer Bank abgestellt hatte, drehte Allison sich um. „Das ist ein Original. Aus der Zeit Eduards des Siebten?"

Die Rothaarige strahlte und nickte. „England, circa Neunzehnhundertzehn."

„Wirklich schön." Sie blickte sich in dem Zimmer um. Ihre Tante wäre beeindruckt. „Sind das alles Originale?"

Rote Haare glitten über Megs Schulter, als ihr Kopf wieder auf und ab wippte. „Die meisten. Ja. Einige viktorianisch, einige edwardisch. Bis auf das Bett. Das ist eine Memory-Foam-Matratze aus dem einund-zwanzigsten Jahrhundert."

„Klingt himmlisch." Allison strich über die Tagesdecke.

Meg zeigte ihr das private Bad. „Das Haus hat eine Zentralheizung, also ist immer genug heißes Wasser da, selbst wenn wir ausgebucht sind."

„Sie hatten mich schon durch das Bett überzeugt, aber bei unbegrenztem heißem Wasser reise ich vielleicht nie mehr ab." Das Badezimmer war deckenhoch mit weißen Fliesen ausgekleidet. Auf einer Seite gab es eine große freistehende Badewanne und eine separate ebenerdige Dusche. „Ich wette, ich könnte sogar in der Badewanne angenehm schlafen."

Meg lachte. „Wo genau haben Sie in letzter Zeit geschlafen, wenn eine Porzellanwanne so einladen wirkt?"

Allison blickte ihre hervorragend gekleidete Gastgeberin an und fragte sich, wie viele Informationen zu viel wären. „Am Amazonas."

Megs blaue Augen weiteten sich und blinzelten. „Ich vermute, das war kein Versprecher und dass Sie den Online-Store meinten."

Kichernd schüttelte Allison den Kopf. Sie mochte diese Frau wirklich. „Nein. Der Fluss."

„Darf ich fragen, was in Gottes Namen Sie dort gemacht haben?"

„Ich habe etwas hiervon und etwas davon erwartet, doch die meiste Zeit waren es dann Geburten und Kaiserschnitte."

„Sie sind Ärztin?" Meg wurde blass und ihr offenstehender Mund schloss sich langsam."

Allison lachte. „Wieso schauen Sie so überrascht. Die Bewegung für Frauenrechte ist schon vor vierzig Jahren gewesen."

„Nein. Tut mir leid, das ist es nicht, es ist nur –"

„Meg?" Eine tiefe Stimme rief von unten herauf. Allison hatte sie erst ein paarmal gehört, doch die Art, wie sich die Haare an ihrem Arm aufstellten, sagten ihr genau, wem sie gehörte.

„Bleib unten. Ich komme gleich runter." Meg drehte sich zu Allison. „Sobald Sie ausgepackt haben, können Sie auf die versprochene Tasse Tee und den Streuselkuchen nach unten kommen. Außer, Sie ziehen Kaffee vor, dann setzte ich eine Kanne auf."

Ein bekanntes, beunruhigendes Gefühl breitete sich in ihrem Bauch aus. Niemand könnte ohne Nerven aus Stahl das durchmachen, was sie durchgemacht hatte, und das tun, was sie getan hatte. Aber hier und jetzt, in dieser Situation, mit diesem Mann, von dem sie nur wusste, dass er der Vater ihrer Nichte war, fühlte sich Allison wie eine jungfräuliche viktorianische Braut. *Oh Fancy, was hast du gemacht?*

KAPITEL ACHT

Auf halbem Weg in die Küche drehte Ethan zum Wohnzimmer um und ließ sich auf dem großen Ledersofa nieder. Dort konnte er sein Bein wenigstens für eine kurze Zeit hochlagern. Er musst gewissenhafter werden. Wenn er wieder ins Cockpit wollte, musste er schnell gesund werden.

Meg hüpfte von der letzten Stufe und blieb im Wohnzimmer neben ihm stehen. „Hi."

„Sie hat es sich wohl doch nicht anders überlegt und ist nicht nach Hause gefahren." Er zeigte durch das Fenster zu dem geparkten Wagen in der Auffahrt.

„Leider nicht." Meg lehnte sich gegen das Sofa. „Diesbezüglich –"

„Mit *diesbezüglich* meinst du sie?"

Meg nickte. „Wenn es um Menschenkenntnis geht, habe ich mittlerweile sehr gute Instinkte.

„Okay." Darüber würde er nicht mit ihr streiten, da sie und ihre beste Freundin, zwei seiner Brüder geheiratet hatten.

„Ich weiß, ich habe nur ein paar Minuten mit Allison verbracht."

„Vor ein paar Minuten hieß es noch *diesbezüglich* und jetzt ist sie Allison.

„Aber, ähm", Meg zuckte mit den Achseln, „sie wirkt wirklich nett."

„Worauf willst du hinaus?"

„Ich weiß nicht." Meg zog ihre Schultern erneut

hoch. „Ich vermute, dass ich etwas anderes erwartet hätte.“

Diesbezüglich konnte Ethan nicht widersprechen. Von den wenigen Worten, die Fancy über ihre Schwester verloren hatte, war er zwar auf ein vernünftigeres Familienmitglied vorbereitet gewesen, doch hätte er trotzdem vermutet, dass sie wenigstens etwas wie Fancy war.

„Ich denke“, fuhr Meg fort, „dass wir unter anderen Umständen vielleicht Freunde sein könnten.“

„Hm“, knurrte er. In seinem Kopf und Herzen brodelten immer noch gemischte Gefühle. Schließlich war Fancy Brittanys Mutter. Doch sie hatte sie verlassen. Aber als Fancys Schwester gehörte Allison zur Familie. Und nach dem wenigen, was er von Fancy gehört hatte, waren ihre dysfunktionalen Verwandten nicht die Art von Familie, von der Brittany beeinflusst werden sollte. Er war vielleicht noch nicht so weit, Vater des Jahres zu sein, doch er war ziemlich zuversichtlich, dass er mit der Hilfe seiner Familie in der Lage sein würde, ein ziemlich gut erzogenes und selbstständiges kleines Mädchen aufzuziehen. Vielleicht. Das brachte ihn zurück zu Fancys Familie und seiner Befürchtung, dass der Einfluss durch die dysfunktionalen Monroes seine Aussichten darauf zunichtemachen könnte. „Freunde“, murmelte er. Nein. Das stand definitiv nicht zur Debatte.

„Es war nur… ich weiß nicht.“ Meg sah ihn stirnrunzelnd an und blickte sich dann um. „Wo ist Tante Eileen?“

„Sie ist mit dem Truck zurück zur Ranch gefahren.“

„Warum hat sie das getan?“

„Catherine hat angedeutet, dass es nicht in unserem Interesse wäre, Allison mit unserer Familie zu überfordern. Noch nicht.“

„Okay." Meg schien sich einen Moment Zeit zu nehmen, darüber nachzudenken. „Wie bist du hierhergekommen?"

„D.J. hat mich abgesetzt."

„Bringt er dich später nach Hause oder hast du vor, deinen Feind noch näher bei dir zu halten, indem du die Nacht hier verbringst?" Ein leichtes Lächeln umspielte ihre Mundwinkel, doch er fand diese Anspielung nicht im Geringsten lustig.

Dieses Verhalten hatte ihn in diesen Schlamassel gebracht. Nicht, dass er Brittany für ein Schlamassel hielt, doch es war nicht auf seinem Radar gewesen, ein alleinerziehender Vater zu werden. Ehrlich gesagt, in seinen Zwanzigern Ehemann und Vater zu werden, war nirgends in seinem Plan gestanden. Männer in seinem Beruf gaben lausige Ehemänner ab. „Ich fahre mit Catherine nach Hause."

„Catharine?" Meg verzog verwirrt das Gesicht. „Ich wusste nicht, dass sie heute in der Stadt ist."

„Sie ist auf dem Weg. Ich soll nicht über Rechtsfragen sprechen, bis meine Anwältin hier ist."

„Catherine ist jetzt deine Anwältin?" Megs Überraschung zeigte, dass sie nicht ganz mitkam.

Er zuckte mit den Schultern. „Sie wird es heute Abend sein."

„Nun", Meg schlug sich mit den Händen auf die Schenkel und stand auf, „ich setze besser das Wasser für den Tee auf und hoffe, ihr trinkt und kaut wirklich langsam, denn es wird wirklich schwer werden, die Stunde, bis Catherine ankommt, nicht über das Babythema zu sprechen." Sie beugte sich vor und drückte seine Schulter. „Alles wird gut. Ich weiß es."

Ethan hoffte bei Gott, dass seine Schwägerin recht hatte. Normalerweise konnte er sich auf sein Bauchgefühl verlassen, doch bei allem, was Brittany und Fancy betraf, fühlte er sich wie ein Kompass ohne

Magnet. Er hatte keine Ahnung, wohin er gehen oder was er als nächstes tun sollte.

„Hallo nochmal." Allison erschien in der offenen Tür und ihr Blick suchte den Raum ab.

„Meg ist weg, um den Tee zu holen." Sein Anstand ließ ihn trotz des Unbehagens aufstehen.

„Bitte nicht." Allison winkte ab. So wie sie in seiner Nähe schwebte, als er wieder Platz nahm, würde jeder Vorbeigehende denken, sie *wären* Freunde.

Als er sich auf dem Sofa niedergelassen hatte, ging sie zu einem Stuhl in der Nähe und anstatt Platz zu nehmen, überraschte sie ihn, indem sie sich wieder umdrehte. „Sie sollten ihr Bein wirklich über ihr Herz hochlagern."

„Ich weiß. Mich hinzulegen ist im Moment einfach nicht angenehm."

„Nein." Sie näherte sich ihm mit einem Rüschenkissen in der Hand. „Das verstehe ich." Bevor er ihre Absichten erkennen konnte, ergriff ihre Hand seine Ferse, hob sein Bein und schob das Kissen unter sein Knie. „Ihre Knie sollten leicht gebeugt sein. Ihre waren ausgesteckt. Das belastet die Gelenke unnötig."

„Danke schön." Er wusste das, er vergaß nur darauf zu achten.

Sie ließ sich auf dem kleineren Stuhl vor ihm nieder. „Gern geschehen." Ihr Blick glitt über sein Bein, bevor sie ihm in die Augen sah. „Wie ist das passiert?"

„Die einfache Antwort ist, dass ich es mir gebrochen habe."

Anscheinend hatte sie Sinn für Humor, denn ein Funkeln erschien in ihren Augen. „Und wie haben Sie es sich gebrochen?"

Darauf gab es keine einfache Antwort. „Harte Landung."

Ihr Kopf neigte sich nachdenklich. „Auf was?"

„Einem Bergrücken."

Diesmal flogen ihre Augen weit auf.

„Sie sind abgestürzt."

Offensichtlich wusste sie mehr über ihn und seinen Beruf als er über ihren. „Kontrollierte harte Landung."

„Fühlen Sie sich dadurch besser?"

„Entschuldigung?"

Sie zuckte mit den Schultern. „Dadurch, nicht das Wort Absturz zu verwenden."

Kein Pilot mochte das Wort Absturz. Menschen überleben nur selten Abstürze. Er und die ihm anvertrauten Männer hatten überlebt und konnten von der *harten Landung* erzählen. „Ich wusste nicht, dass Sie Psychiaterin sind."

„Ich bin nicht." Ihre Lippen verzogen sich zu einem Lächeln. „Ich meinte nur."

Ihr lockerer Ton brachte ihn fast ebenfalls zum Lächeln. Er würde in ihrer Nähe vorsichtig sein müssen. Vielleicht war er wegen seiner Verletzung nicht so defensiv, oder wegen der Veränderung in seinem Leben bezüglich Brittany, oder vielleicht lag es einfach nur der Art dieser Frau. Was auch der Grund war, er musste wachsam bleiben. „Sie sind aber Ärztin?"

Dunkles Haar streifte ihre Wangen, als ihr Kopf sich bewegte. „Ja. Ich bin Chirurgin."

Ethan war sich nicht sicher, warum ihn das überraschte. Unabhängig von ihrem Fachgebiet brauchte es Klugheit, Durchhaltevermögen und Entschlossenheit, um Ärztin zu werden, und doch hatte er irgendwo gespürt, dass Chirurgen, gute Chirurgen, eine zusätzliche Begabung oder vielleicht ein Talent brauchten. Wie ein Klavierspieler mit langen Fingern. Sofort fiel sein Blick auf ihre Hände. So wie er es von einem Konzertpianisten erwartet. Lang, schlank, gestutzte Nägel, kein Nagellack. Nur Spuren einiger heilender Schnitte fielen ihm auf, als wären sie fehl am Platz. „Hatten Sie in letzter Zeit eine Meinungsverschiedenheit mit einem Skalpell?"

Ihre Finger hoben sich und sie warf einen Blick auf ihre Hände, bevor sie sie wieder auf ihren Schoß fallen ließ. „Ein dorniger Busch."

„Gärtnern Sie gerne?"

„Kaum. Ich bin hinter einem verängstigten Kind hergelaufen und in einen aggressiven Strauch gestolpert. Hübsche Blumen. Fiese Dornen."

„Da wären wir." Meg kam mit einem großen silbernen Tablett ins Zimmer und platzierte es zwischen ihm und Allison auf den Tisch. Dann stellte sie eine zart aussehende Tasse und Untertasse vor sie, bevor sie ihn ansah. „Die hier", sie nahm eine große weiße Tasse mit dem A&M-Logo, „ist für dich. Das ist Kaffee."

Erfreut, dass seine Schwägerin nicht versucht hatte, ihn dazu zu bringen, mit einer dieser winzigen Teetassen zu jonglieren, lächelte er, griff nach dem Zucker und entdeckte die Törtchen. „Oh, Mann. Sind das –"

„Ja." Meg lächelte. „Toni hat sie vor ungefähr einer Stunde vorbeigebracht. Ich erwarte noch mehr Besuch und sie sind immer ein großer Hit zum Nachmittagstee."

Er schnappte sich ein mit dunkler Schokolade überzogenes und winkte Allison damit zu. „Die werden Sie lieben."

Ihr Blick glitt von ihm zu dem Dessertteller mit Streuselkuchen und Törtchen und zurück. „Ist eines davon besonders zu empfehlen?"

Kurz davor, sich eines in den Mund zu stecken, hielt er mit dem Kuchen an seinen Lippen inne und schüttelte den Kopf. „Nein. Sie sind alle genial."

Sie lächelte zögerlich, nickte und griff nach dem

mit einem orangefarbenen Farbton.

Während er sie im Auge behielt, zogen seine Wangen an seinen Mundwinkeln, als ihre Augen fast in ihren Kopf zurückrollten, bevor sie ein leises Stöhnen ausstieß. Der Kuchen, den er gerade geschluckt hatte, blieb ihm fast im Hals stecken und er schüttelte buchstäblich den Kopf, um das Bild wie sie vor Genuss stöhnte aus seinen Gedanken zu bekommen.

„Oh mein Gott. Ist das gut. Ich kann nicht ganz –"

„Das ist Mimosa-Geschmack." Meg schnappte sich eines mit weißer Glasur. „Champagner-Törtchen mit Grand-Marnier-Glasur. Vielleicht sollten Sie es ruhig angehen."

„Oh", sie nahm einen weiteren Bissen. „Muss ich das wirklich?"

Sie und Meg kicherten beide und Ethan sah, was Meg meinte. An einem anderen Ort und zu einer anderen Zeit wären sie wahrscheinlich Freunde geworden. Was ihm allerdings mehr Angst machte, war, dass an einem anderen Ort und zu einer anderen Zeit, auch er gerne mit ihr befreundet wäre. Gut befreundet.

Allison nahm das dritte, und sie schwor, letzte Törtchen, und genoss jeden Bissen. „Die sind wahnsinnig lecker. Ich meine, ich hatte schon Törtchen, aber wow."

„Ich weiß. Ich sage Toni immer wieder, dass sie eine Bäckerei eröffnen und diese Häppchen verschicken muss."

„Ja, genau", stimmte Allison zu und widerstand dem Drang, noch eines zu kosten. „Ich kann sie in jedem Einkaufszentrum in ganz Amerika direkt neben den Keks- und Brezelläden sehen."

„Die Texas Alcohol Beverage Commission hat da vielleicht ein Wörtchen mitzureden."

Allison blickte zu Meg. „Der ganze Alkohol muss sich doch herausgebacken haben."

„So soll es sein. Normalerweise."

Dieses letzte Wort sagte Allison, dass es dazu eine Geschichte geben musste. „Nun." Sie nahm einen großen Schluck Tee und stellte die Tasse ab. Sie war aus einem bestimmten Grund hierhergekommen und sie konnte genauso gut jetzt damit anfangen, nur wo? „Es hat keinen Sinn mehr, um den heißen Brei herumzureden. Ich würde gerne meine Nichte sehen."

Mit zusammengepressten Lippen nickte Ethan nur.

Sie wartete noch einen kurzen Augenblick, aber als ihr klar wurde, dass er nichts sagen würde, machte sie weiter. „Wie weit ist die Ranch von hier entfernt?"

Sein Gesichtsausdruck war undurchschaubar. Sie hatte das Gefühl, dass sie gerade Ethan, den Soldaten, ansah. „Ungefähr eine Autostunde."

Das war keine Überraschung. Alles war wirklich weit verstreut in diesem Teil des Landes. Das war ihr auf der Fahrt vom Flughafen hierher ziemlich schnell aufgefallen. „Ihre Tante hat mich zum Essen eingeladen."

„Damals wusste sie nicht, wer Sie sind."

Ihre Wirbelsäule versteifte sich. Ein vertrauter Schmerz breitete sich in ihrer Magengrube aus. „Wollen Sie damit sagen, dass ich auf der Ranch … nicht willkommen bin?"

„Nein. Ich bin mir nur nicht sicher, ob Abendessen die Antwort ist. Besonders nicht heute Abend, wenn Sie daran gedacht haben."

„Zeit ist ein kostbares Gut. Ich habe die ersten Lebensmonate meiner Nichte bereits verpasst. Ich bin schon einmal fast eine Stunde gefahren, nur um mich mit einem Kollegen in der Stadt zum Abendessen zu treffen. Da ist eine Stunde Fahrt, um Francines Baby zu sehen nichts Besonderes."

„Nicht, wenn das alles ist, was Sie wollen." Ethans harter Blick jagte einen Schauer über ihre Arme.

Nein, das war nicht alles, was sie wollte, aber sie war nicht bereit, das zuzugeben. Noch nicht.

Das Dröhnen eines Motors erfüllte den Raum und brach dann ab. So wie Ethans Blick zum Fenster huschte, vermutete Allison, dass er jemanden erwartete. Oder vielleicht war er einfach nur neugierig. Der harte, stählerne Blick wurde sanfter, als eine weitere rothaarige Frau in den Raum eilte.

So groß und schlank wie Meg, fragte sich Allison, ob sie vielleicht Geschwister waren. Aber eines war sicher, die Frau war scharfsinnig. Sie nahm die Menschen im Raum sofort wahr und schätzte die Situation im Handumdrehen ein. Ihre Bewegungen, anmutig und bedächtig, erinnerten Allison an ihre Tante Millicent. Abgesehen davon, dass der freundliche Ausdruck, der jeden im Raum beruhigen sollte, einen Hauch von Aufrichtigkeit ausstrahlte, der sich stark von der lediglich höflichen Art ihrer Tante sehr unterschied.

Mit einem kleinen Tablett in der Hand kam Meg in den Raum zurück. „Gut, du bist hier." Sie stellte eine Tasse und Untertasse neben Ethan auf den Beistelltisch, an dem der Neuankömmling zwischen Allison und dem ernsten Marine sitzen würde. Die beiden Frauen umarmten und trennten sich, und obwohl eine sanfte Zuneigung offensichtlich war, schloss Allison Schwestern aus.

„Danke, ich könnte eine Tasse gebrauchen." Die Frau nahm den ihr bestimmten Platz ein, drehte sich zu Allison um und streckte ihre Hand aus. „Ich bin Catherine."

„Schön, Sie kennenzulernen." *Eventuell.* „Allison."

Catherine nickte ihr zu.

Ein kurzer Blick in Ethans Richtung und sie glaubte Erleichterung in seinen Augen zu sehen. Wertschätzung vielleicht, bevor sich der Vorhang der Gleichgültigkeit wieder senkte. Allison sah von Ethan zu Catherine und zurück. „Sind sie auch eine Farraday?"

Catherines Lächeln wurde breiter. „Noch nicht."

Mit einem leichten Nicken schenkte Ethan der Frau ein sanftes Lächeln.

Nichts, was Allison gelesen hatte, ließ erschließen, dass Ethan in einer Beziehung war.

„Ich bin mit Ethans Bruder Connor verlobt", fügte die Frau hinzu.

„Ich verstehe."

„Und ich bin Anwältin. Obwohl ich nicht Mr. Farradays bevollmächtigte Anwältin bin, bin ich als Familienmitglied hier, um dabei zu helfen, sein Interesse zu wahren …"

„Und Brittanys", unterbrach er.

„Und Brittanys, das steht außer Diskussion."

Allison nickte. Mit einer solchen Einheitsfront hatte sie nicht wirklich gerechnet. Sie hatte auch nicht erwartet, dass Ethans erster Gedanke Brittany gelten würde. Schließlich war er ein Mann, und noch risikobereit. Vielleicht hatte sie ihre Gegner unterschätzt.

„Also, Miss Monroe", Catherine nahm einen kleinen Schluck und stellte die Tasse auf den Tisch, „was sind Ihre Absichten?"

KAPITEL NEUN

Auf seiner Handfläche hielt Finn ein Leckerli für Brandy, während er mit der anderen Hand die Stute hinter dem Ohr kraulte. „Schon ein bisschen verrückt hier", sagte er zu dem Pferd. „Wer hätte gedacht, dass sie uns mit Kichern und Rülpsen so einfach um ihren kleinen Finger wickeln könnte."

Das Pferd hob und senkte den Kopf und schnaubte leise.

„Ja, nun, vielleicht bist du die Klügste hier." Er strich mit der Hand über Brandys Nacken und klopfte ihr auf die Schulter.

Das Pferd schnüffelte an seiner leeren Hand und dann an seiner Tasche, wo er noch ein Karottenleckerli hatte.

„Ja, definitiv die Klügste. Bitte sehr. Das letzte für heute und dann muss ich mich waschen."

„Sean? Finn?" Tante Eileens Stimme drang durch den Pferdestall.

„Hier drin", antwortete sein Vater aus der Sattelkammer. „Was ist los?"

Finn schloss das Stalltor hinter sich und traf seine Tante und seinen Vater in der Nähe des Scheuneneingangs.

„Du wirst nie erraten, wer in der Stadt ist." Eileen blickte von einem Mann zum anderen.

Sean wischte sich die Hände an einem Lappen ab und es bildeten sich Lachfältchen an seinen Augen, während er seine Schwägerin anlächelte. „Warum ersparst du uns nicht die Mühe und sagst es uns?"

„Die Schwester dieser Frau."

Finn sah zu seinem Vater hinüber und ihre Blicke trafen sich und er wusste, dass sie wahrscheinlich beide richtig geraten hatten.

„Aber das ist nicht alles." Ihr Gesichtsausdruck wurde fröhlicher. „Weißt du, wer noch in der Stadt aufgetaucht ist und uns alle durch das Caféfenster beobachtet hat, als wären wir Welpen in einem Schaufenster?"

Der Farraday-Patriarch kniff die Augen zusammen. „Sag bitte nicht, dass die Mutter zurück ist?"

„Nein. Der Hund."

Sean Farradays Kopf fiel zurück und Verwirrung breitete sich auf seinem Gesicht aus, bevor es ihm dämmerte. „Oh, um Himmels Willen, Eileen."

„Gray ist zurück?" Finn lächelte.

Sein Vater und seine Tante drehten sich beide um und starrten ihn an.

„Was? Der Name passt zu ihm. Oder zu ihr. Entweder das oder Terminator."

„Finn!" Der Kiefer seiner Tante klaffte vor Entsetzen auf. „Das ist nicht witzig."

Wahrscheinlich hatte sie recht. Aber bisher hatte dieses Tier seine Schwägerin Toni vor den böswilligen Absichten ihres verrückten damaligen Ehemannes bewahrt und seine offensichtliche Beschützernatur noch weiter verstärkt, als er sich zwischen Finns baldiger Nichte Stacy und seinen Bruder Connor gestellt hatte. „Schau mich nicht so an, Terminator war D.J.s Idee."

Tante Eileen schüttelte den Kopf und verdrehte die Augen gen Himmel, so wie sie es mit ihm und seinen Brüdern schon im Kindesalter gemacht hatte, wenn sie etwas angestellt hatten, das sie für absurd lächerlich oder unglaublich dumm hielt. Nicht, dass sie jemals direkt damit herausgekommen wäre und einen von ihnen als dumm bezeichnet hätte, aber wann immer sie mit einem gemurmelten *Männer* davonstampfte, wussten sie in diesem Moment ziemlich genau, dass die beiden Wörter Synonyme waren.

„Vergiss den Hund", sagte sein Vater, „was ist mit der Schwester? Bist du sicher, dass sie es ist?"

Seine Tante nickte. „Sie hat mit D.J. und mir im Café nur geplaudert, aber sie hat Ethan gesagt, wer sie ist. Er und Catherine reden genau in dieser Minute mit ihr."

„Verdammt." Sean fuhr sich mit den Fingern durchs Haar. „Wir waschen uns besser und fahren in die Stadt."

„Nein." Eileen schüttelte den Kopf. „Catherine ist dabei und sagt, wir sollten uns nicht alle auf einmal auf die Schwester stürzen. Wir sollen die Füße stillhalten, bis Catherine die Situation beurteilt hat."

Sean hielt inne und nickte dann einmal. Der Instinkt jedes Mitglieds der Farraday-Familie war es, jedem den Rücken zu stärken, der in Schwierigkeiten steckt. Dazu gehörte jeder, der den Farradays durch Blut, Heirat oder Freundschaft wichtig war. Aber wenn Catherine den Farradays sagte, sie sollten die Füße stillhalten, dann würde er genau das tun.

„Sie wohnt im Bed-and-Breakfast."

„Für wie lange?", fragte Finn.

„Weiß nicht. Aber ich habe auf der Fahrt zurück zur Ranch nachgedacht."

„Oh, oh", neckte Finn und seine Tante warf ihm einen weiteren ungeduldigen Blick zu. Er mochte rechtlich gesehen ein Erwachsener sein, aber er war nicht dumm. Er verkniff sich seine Heiterkeit und ließ sie sprechen.

„Ich denke, wir sollten sie stattdessen einladen, hier

zu wohnen."

Finns Augen weiteten sich und sein Vater platzte heraus: „Bist du verrückt, Frau?"

„Dad hat Recht. Der Apfel fällt nicht weit vom Stamm und so." Nicht, dass Finn glaubte, dass Menschen aufgrund ihrer DNA dazu bestimmt waren, gut oder böse zu sein, aber das Wenige, was sein Bruder erzählt und auch nicht erzählt hatte, reichte aus, um an der Stabilität dieser Schwester zu zweifeln. Ärztin oder nicht.

„Ich glaube nicht, dass das der Fall ist", sagte seine Tante.

„Warum? Weil du einen Hund gesehen hast?", fragte sein Vater spitz.

„Nein, Klugscheißer. Weil wir uns im Café unterhalten haben. Sie ist nett. D.J. meinte, sie wäre auch schüchtern.

Sean Farraday warf die Arme in die Luft. „Nun, dann laden wir sie doch auf jeden Fall in die Familie ein." Er schüttelte den Kopf und rieb sich den Nacken. „Okay, tut mir leid. Ich gebe zu, wenn sie mit Brittany verwandt ist, müssen wir lernen, sie zu akzeptieren."

„Stimmt." Tante Eileen nickte.

„Aber das bedeutet nicht, dass wir mit geschlossenen Augen in ein brennendes Haus rennen. Warten wir ab, was Catherine sagt, und finden dann heraus, was Ethan denkt. Brittany ist seine Tochter."

Finn beobachtete aufmerksam das Gesicht seiner Tante. Er konnte sehen, wie sich die Rädchen in diesem kreativen Geist drehten. Schließlich nickte sie mit zusammengepressten Lippen. „Einverstanden."

„Gut", sagte Sean, zufrieden, dass er seinen Standpunkt klar gemacht hatte, doch Finn fand, dass dieser Kampf viel zu leicht gewonnen worden war. Er wäre bereit, sein Pferd darauf zu verwetten, dass sie morgen bereits einen neuen Hausgast haben würden.

Der Ausdruck *mit angehaltenem Atem warten* war für Ethan noch nie so real gewesen. Er fühlte sich wie der Teilnehmer einer grausamen Spielshow und Allisons Antwort würde sich bis nach der nächsten Werbepause verzögern.

„Meine Absichten sind zweifellos die gleichen wie ihre", antwortete sie Catherine, während sie Ethan musterte. „Was für meine Nichte das Beste ist."

Catherine warf Ethan einen Blick von der Seite zu, bevor sie fortfuhr. „Soweit ich weiß, wurden Sie darüber informiert, dass Ihre Schwester ihre elterlichen Rechte abgetreten hat."

Allison zögerte, nickte aber. Wenn er sie ein wenig besser gekannt hätte, würde er annehmen, dass das langsame Schlucken, das dem Nicken vorausging, als Zeichen gesehen, wie schwer es für sie war, das zu akzeptieren.

„Und dass Mr. Farraday auf der Geburtsurkunde als Vater genannt wird?"

Allison nickte erneut. Diesmal ohne Pause oder Zögern. Fremde oder nicht, es fiel ihr genauso schwer wie ihm, zu verstehen, wie Fancy ihr eigenes Kind verlassen konnte.

„Falls Sie sich Sorgen um die finanzielle Stabilität von Mr. Farraday machen …"

„Nein. Ich muss kein Detektiv sein, um die Stärke des Namens Farraday und höchstwahrscheinlich auch des Bankkontos zu erkennen."

„Dann sehe ich nicht, warum Sie Bedenken haben könnten …"

Allison starrte Ethan in die Augen und rutschte auf ihrem Sitz nach vorne. „Ist das eine Verletzung, die Ihre Karriere beendet? Denn soweit ich weiß, schickt das Marine Corps niemanden wegen eines gebrochenen Knöchels in den Ruhestand."

Hatte sie ihn deshalb so genau gefragt, was mit seinem Knöchel passiert war? „Wenn alles wie erwartet läuft, nein."

„Genau das dachte ich." Ihr Blick wanderte von seinem Fuß zurück zu seinen Augen. „Und nehmen wir der Argumentation halber an, dass Sie sich von den Marines trennen wollen; wie lange dauert es, bis Sie dazu berechtigt sind?"

Dieses Mädchen war vielleicht eine zivile Ärztin, aber sie wusste, wie es um den Austritt aus dem aktiven Dienst bestellt war. „Ein Jahr."

Mit einer kurzen Kopfbewegung schob sie sich in den Sitz zurück. „Wenn ich das richtig verstehe, ist Ihre Einheit im Nahen Osten stationiert. Selbst in den gefestigtsten Ehen sind Einsätze schwierig. Brittany hat bereits ihre Mutter verloren, wie lange wird sie Sie haben, bevor Sie wieder zu Ihrer Einheit zurückkehren müssen. Wird sie überhaupt wissen, wer sie sind, wenn sie zurückkommen?"

Zielen, schießen, Volltreffer. Allison stellte genau die Fragen, von denen er befürchtete, dass auch der Richter, der seinen Sorgerechtsstatus festlegte, sie stellen würde. Aber das waren keine fairen Fragen. Im Einsatz verpassten Männer und Frauen Geburten, Feiertage, Konzerte und andere große Ereignisse im Leben ihrer Kinder, doch trotzdem dienten sie. Und er war verdammt gut in seinem Job. Er konnte keine Wunder vollbringen, aber Jahre am Steuerknüppel ließen ihn einen kühlen Kopf bewahren und retteten Leben.

„Ich werde alles Menschenmögliche tun, um für meine Tochter zu sorgen, ebenso wie der Rest meiner Familie."

„Der Rest ihrer Familie sind nicht Brittanys Eltern."

„Aber Sie auch nicht", warf er ruhig zurück. Sie hatte nicht viel gesagt, aber er war nicht dumm. Warum sonst sollte sie hier sein?

„Ich weiß." Ihr Blick fiel auf ihren Schoß und ihre Stimme war so leise, dass er sie kaum hörte.

Als sie aufblickte, um ihn anzusehen, sah er eine Traurigkeit, die sein Herz umklammerte. Er hasste es, eine Frau weinen zu sehen. Es lag etwas in den Genen eines Mannes, das ihn dazu drängte, Himmel und Hölle in Bewegung zu setzen, um die Tränen einer Frau zu trocknen. Als sie blinzelte und die Traurigkeit Entschlossenheit wich, atmete er leichter. Er konnte gegen wütend, stur, gemein und sogar dumm ankämpfen, aber nicht gegen eine weinende Frau. Nicht diese.

Die Klingel an der Haustür ertönte und alle Köpfe drehten sich um. Brooks und Toni standen in der Tür. Ethan hatte keinen Familienalarm ausgelöst, also war er sich nicht sicher, ob Brooks zur moralischen Unterstützung gekommen war oder einfach nur die Frau begleitete, die Meg beim Kochen und Backen für die Gäste half.

Brooks' Blick wanderte von Ethan zu Catherine und dem anderen ernsten Gesicht im Raum. Seine Augen verengten sich kurz, bevor er aufblickte, als Meg ins Zimmer eilte.

„Ich habe versucht, dich anzurufen", sagte Meg zu Toni.

„Oh, hast du?" Toni zog ihr Handy aus ihrer Handtasche, seufzte und nickte. „Ich habe vergessen, es wieder auf laut zu stellen." Mit einer Hand auf ihrem Bauch blickte sie zurück zu Meg und bemerkte, dass Ethan, Catherine und Allison sie beobachteten.

„Tut mir leid", sagte Ethan und zeigte von einer Person zur anderen, um alle kurz vorzustellen. Händeschütteln folgte und gerade als Brooks sich zu

Allison wandte, fügte Ethan hinzu: „Allison ist Francines Schwester."

Brooks erstarrte mitten im Händedrücken und sah Catherine an. Sie nickte. Die erhöhte Spannung im Raum war spürbar.

„Brooks ist auch Arzt", fügte Ethan hinzu, um alle zu beruhigen.

„Ich glaube, ich habe etwas darüber gelesen." Allison nahm ihre Hand zurück und lächelte leicht. Eine Art höfliches Gesellschaftslächeln. „Dallas, richtig?"

„Nicht lange." Brooks ergriff die Hand seiner Frau. „Ich bin der gute alte Doc in dieser Gegend."

Allisons höfliches Lächeln blieb, aber die Steifheit in ihren Schultern ließ etwas nach. „Vermissen Sie die Großstadt nicht?"

„Nicht einmal ein bisschen. Ich habe auf die harte Tour gelernt, dass ein Mann das Landleben nicht einfach so hinter sich lassen kann oder will."

Kichernd entspannte sich Allison noch mehr. „Ich habe schon mit ein paar solcher Menschen gearbeitet."

„Wo sind Sie zuhause?"

„Nordkalifornien. Bay Area. Ich habe meine Zeit am San Francisco General und dann in Stanford verbracht."

„Stanford", wiederholte Brooks, wobei sich seine Augen leicht verengten, als er wieder ihr Gesicht betrachtete. „Monroe?"

Allison nickte mit verhaltener Miene.

„Irgendeine Beziehung zu dem Monroe, der die vorgeburtliche Chirurgie verändert hat, nachdem er letztes Jahr siamesische Zwillinge trennte?"

Ein Hauch von Rosa färbte ihre Wangen. „Das bin wohl ich."

Brooks' Augen wurden groß und er vergaß ganz offensichtlich ihre Verbindung zu Francine und seiner

Nichte und allen anderen im Raum. Er zog den nächsten Stuhl heran und fing an, die Frau, von der Ethan bis vor fünf Minuten noch überzeugt war, sie wäre hier, um seine Tochter zu stehlen, mit medizinischen Fragen zu löchern. Mit jedem Grinsen und Lachen und der Intensität, mit der ihre Augen strahlten, als sie und Brooks Informationen austauschten, hatte Ethan, ganz gleich, was seine Anwältin und Schwägerin ihm gesagt hatte, zum ersten Mal das bedrückende Gefühl, dass seine Tochter zu verlieren vielleicht nicht so weit hergeholt war.

KAPITEL ZEHN

„Ladys, ich weiß es wirklich zu schätzen, dass ihr hierhergekommen seid, anstatt ins Café“, sagte Eileen, als sie eine weitere Runde Karten austeilte.

Mit Haarnadeln zwischen den Zähnen drehte Ruth Ann ihr langes Haar zu einem Dutt und steckte ihn fest, während sie durch zusammengebissene Zähne sagte: „Ich sage, es ist eine verrückte Idee.“

Sally May fächerte die Karten in ihrer Hand auf. „Vielleicht, vielleicht auch nicht.“

„Ich eröffne.“ Dorothy warf einen Chip in die Messingschüssel. Immer wenn sie im Café Karten spielten, wurden die Jetons auf einen Stapel in der Mitte des Tisches geworfen. Auf der Ranch benutzten sie immer die angelaufene alte Schüssel, die Eileen an einen abgesägten Spucknapf erinnerte.

„Gib mir doch die Chance, erst einmal zu sehen, was ich habe.“ Sally May schüttelte den Kopf und steckte ihre Karten um.

„Ich bin raus.“ Ruth Ann legte ihre Karten hin. „Ich könnte mit dieser Hand nicht einmal Mau-Mau spielen.“

„Ich nehme nicht an, dass deine Nichte einige dieser köstlichen Törtchen vorbeigebracht hat?“ Dorothy warf einen Chip in den Pot. „Ich bin dabei.“

„Machst du Witze?“ Eileen lachte. „Sean würde

eher zulassen, dass ich die Scheune anzünde, bevor er uns wieder in die Nähe dieser Schnapstörtchen lässt."

Grace trat sich die Füße ab und ging in die Küche. „Jedes Mal, wenn ich nach Hause komme und zustimme, Dad und Finn zu helfen, erinnere ich mich daran, warum ich auf die Uni gehe."

„Du liebst es und du weißt es", rief Eileen über ihre Schulter. All ihre Neffen hatten die Ranch verlassen, um die Welt zu sehen und ein wenig zu leben. Aber einer nach dem anderen waren sie alle nach Hause zurückgekommen. Tief im Inneren betete sie jeden Tag, dass auch Ethan und Grace ihr Glück in der Nähe ihres Zuhauses finden würden, so wie die anderen.

„Niemand liebt es, Ställe auszumisten und Mist zu schaufeln." Grace wusch sich die Hände im Waschbecken.

„Wie geht es Stacy?" Sally May warf zwei Karten hin.

„Das Kind ist ein Naturtalent. Wenn es so etwas wie ein Reit-Gen gibt, hat sie es genauso wie ihre Mutter und ihre Großmutter." Grace goss sich ein Glas Wasser ein und nahm einen großen Schluck. „Ich gebe zu, es macht mir Spaß, ihr alles beizubringen, was ich weiß."

„Und eines Tages kannst du das auch für Brittany tun", fügte Tante Eileen hinzu.

Grace trank den Rest des Wassers aus und ging zu dem Spieltisch hinüber, der an einer Seite des Esszimmers aufgestellt war. „Bis dahin wird Stacy es ihr beibringen können. Wie kommt es, dass ihr hier spielt und nicht im Café?"

„Ich wollte hier sein, falls Ethan mich heute braucht", sagte Eileen. Außerdem wollte sie nicht, dass jeder Wichtigtuer in der Stadt belauschte, was sie zu sagen hatte.

Grace blickte auf und lauschte nach den

Geräuschen eines verspielten Babys. „Wo ist sie?"

„Catherine hat Ethan und das Baby vor einer Weile abgeholt und sie in die Stadt gebracht, um die Tante zu treffen."

Grace' Gesicht verzog sich unangenehm. „Ich dachte, wir würden warten, bis wir vom Richter hören?"

„Nein." Eileen schüttelte den Kopf. „Die Anwälte, einschließlich Catherine, waren sich einig, dass es vor Gericht besser aussehen wird, wenn wir mitspielen, anstatt zu versuchen, sie fernzuhalten."

„Weshalb willst du sie hier wohnen lassen?" Dorothy hob ihre neuen Karten auf.

„Bist du verrückt?", platzte Grace heraus.

Eileen schüttelte den Kopf. „Du siehst vielleicht aus wie deine Mama, aber du klingst wirklich wie dein Vater."

„Weil Dad ein kluger Mann ist."

„Vielleicht", Eileen zuckte mit den Schultern, „wenn es um Rinder und Ranches und Söhne geht."

„Ich stimme ihr zu." Ruth Ann beugte sich hinunter und kraulte den Hund, der zwischen ihr und Sally May lag. „Was erwartest du dir davon, die Frau hierher zu bringen?"

Sally May sah ihre Freundin über den Rand ihrer Karten hinweg an.

„Wann bist du so alt geworden?", fragte Dorothy.

„Ich bin nicht alt", warf Ruth Ann zurück.

Dorothy schüttelte den Kopf. „Brauchst du einen Auffrischungskurs über Bienchen und Blümchen?"

„Nicht alle Bienchen gehen auf alle Blümchen." Ruth Ann sah von einer ihrer Freundin zur anderen. „Das ist ein riskanter Plan, der dir um die Ohren fliegen könnte."

„Das glaube ich nicht." Eileen lächelte zuversichtlich.

Grace schüttelte den Kopf, nahm sich eine Scheibe Käse und einen Cracker vom Tablett und beugte sich vor, um ihre Tante auf die Wange zu küssen. „Ich liebe dich, aber du bist verrückt. Bitte tu nichts, was die Dinge noch schlimmer machen könnte." Sie richtete sich auf und machte kehrt. „Ich werde mich duschen und mich umziehen. Ich überlasse es euch Ladys, sie zur Vernunft zu bringen."

„Was immer du sagst, Liebes."

Aus dem Gang rief Grace zurück: „Benimm dich oder ich sage Daddy, dass du etwas vorhast."

Eileen schüttelte den Kopf und wartete, bis Grace' Schritte im oberen Gang verklungen waren, bevor sie sich vorbeugte. „Habe ich euch erzählt, wie sie sich kennengelernt haben?"

„Im Café," sagte Dorothy.

„Nein." Eileen legte ihre Karten verdeckt auf den Tisch und sah jede ihrer Freundinnen an. „Ein zottiger grauer Hund machte sie miteinander bekannt."

„*Der* Hund?" Sally May ließ ihre Hände auf den Tisch fallen und vergaß beinahe, ihre Karten umzudrehen.

„Nun." Eileen nahm ihre Karten wieder auf. „Wahrscheinlich nicht."

„Warum wahrscheinlich nicht?", fragte Ruth Ann.

„Sie waren damals in Kalifornien."

Sowohl Sally Mays als auch Dorothys Hände fielen auf den Tisch und ohne ihre Karten vor dem der anderen zu schützen. Ruth Ann starrte sie mit offenem Mund an.

Dorothy sprach zuerst. „Deine Familie hat recht. Du hast den Verstand verloren."

„Du glaubst doch nicht ernsthaft, dass dieser Hund durch das Land läuft und deine Neffen verkuppelt", sagte Sally May.

Ruth Ann schüttelte den Kopf. „Bist du sicher, dass

deine Nichte dir keine extra Schnapstörtchen zugesteckt hat?"

„Was ich brauche, meine Damen, ist ein bisschen Ladys-Club Einfallsreichtum. Ich habe einen heißblütigen, wenn auch etwas hinkenden Neffen und eine attraktive, kluge Frau, die zwei Dinge gemeinsam haben – meine Nichte und einen zotteligen Hund. Alles, was ich brauche, ist ein Plan, der Natur dabei zu helfen, ihren Lauf zu nehmen."

Was soll's? Allison warf die Decke beiseite und sprang mit der Kraft einer Frau auf, die aus einem brennenden Bett flüchtete. Sie hatte sich so oft hin und her geworfen, dass sie eine Furche in das Luxusbett geschnitten hatte. Die Uhr auf dem Nachttisch zeigte zehn Uhr. Sie hätte sich nicht noch einmal hinlegen sollen.

Unfähig, wirklich zu schlafen, hatte sie um zwei Uhr morgens ihren Laptop hervorgeholt und versucht, einige angeforderte Berichte zu aktualisieren. Wobei *versucht* das Schlüsselwort war. Als sie stattdessen das eingegangene medizinische Fachjargon zu lesen begann, fand sie sich damit ab, die E-Mails durchzugehen, die sie fast zwei Tage lang ignoriert hatte. Um sechs Uhr morgens hatte sie sich noch einmal bemüht, etwas Schlaf zu bekommen, bevor Ethan, Catherine und Baby Brittany eintreffen würden.

Die gelegentlichen Visionen von Francine und ihr in glücklicheren Zeiten vermischten sich mit alptraumhaften Szenarien, die Allison, um ihre eigene geistige Gesundheit zu bewahren, vor langer Zeit tief in ihrem Hinterkopf vergraben hatte. Diese seltsame Mischung hielt Allison in einem halbwachen Zustand gefangen, der dazu führte, dass sie sich jetzt erschöpfter fühlte als am Abend zuvor, als sie ins Bett gegangen war. Sie stand vor ihrem offenen Koffer und griff nach einer Bluse. Was trug eine Frau, wenn sie ihre Nichte zum ersten Mal traf?

Ein Klopfen an der Tür lenkte ihre Aufmerksamkeit von ihrer Kleidung ab.

„Klopf, klopf", sagte Meg leise durch die geschlossene Tür.

„Komm rein."

Ihre Gastgeberin, die ihr gestern trotz der schwierigen Situation ebenso wie der Rest der anwesenden Farradays das Du angeboten hatte, trat mit einem vollen Tablett jonglierend ein. „Da du das Frühstück verpasst hast, dachte ich, du hättest vielleicht Lust auf eine Kleinigkeit, bevor Ethan kommt."

Eine Karaffe, eine Teekanne, eine leere Tasse, ein Teller mit gemischten Früchten, ein Muffin, ein weiterer Teller mit Rührei und Speck und ein Glas Orangensaft nahmen jeden verfügbaren Zentimeter ein. „Ich dachte, du hättest gesagt, dass du nicht kochst?"

Meg stellte das Tablett ab und lächelte. „Du hast zugehört."

„Das ist wichtig bei meiner Arbeit." Sie griff nach einem Speckstreifen. „Manchmal ist der einzige Weg, herauszufinden, was wirklich mit einem Patienten nicht stimmt, zwischen den Zeilen zu lesen und zuzuhören, was er einem nicht sagt."

„Verstehe." Meg trat einen Schritt zurück. „Ich wusste nicht, ob du morgens Kaffee bevorzugst, also ist in der Glaskaraffe Kaffee und in der Kanne Tee. Die Muffins sind hausgemacht, also würde ich sie zumindest probieren. Wenn du es noch etwas möchtest, das ich vergessen habe, musst du nur pfeifen."

„Das ist sehr nett von dir." Allison biss in den Speck.

„Wir wollen einen guten Eindruck machen. Außerdem wäre ich enttäuscht, wenn du uns eine schlechte Bewertung gibst."

Das Funkeln in Megs Augen bei diesem Kommentar brachte Allison zum Lachen. Sie hatte die Erleichterung gebraucht. „Ich weiß nicht, warum ich solche Angst habe."

„Weil Brittany dir wichtig ist."

Allison nickte. Viele Dinge wurden wichtig.

Das Dröhnen eines Motors drang in den Raum und Meg warf sofort einen Blick zum Fenster. Blinzelnd gab sie ein leises Zischen von sich und drehte sich wieder um. „Vielleicht musst du auf den Kaffee verzichten. Sie sind hier."

„Jetzt schon?" Allison rannte zum Fenster. Ein riesiger viertüriger Pickup-Truck kam vor dem Haus zum Stehen. „Er ist sehr früh dran!"

„Atme tief durch", sagte Meg langsam. „Ich werde sie beschäftigen, bis du fertig bist."

„Fertig. Richtig." Allison sah wieder zu ihrem Koffer.

„Brittany wird egal sein, was du trägst. Das ist ein lässiges Land. Eine Jeans reicht."

„Wenn ich eine mitgebracht hätte."

„Dann was auch immer. Hör auf, dir Sorgen zu machen." Meg tätschelte sanft ihren Arm. „Wir sehen uns unten."

Allison nickte. „Danke."

Die Schlafzimmertür schloss sich und Allison war allein und im Begriff, die im Dschungel erlernte Kunst des schnellen Waschens und Anziehens in diesem herrlichen Badezimmer in die Praxis umzusetzen. In weniger als einer Viertelstunde war sie unten und folgte den Stimmen in die Küche.

„Guten Morgen." Ethan musste ihre Schritte gehört haben, denn als sie um die Ecke bog, war er bereits auf den Beinen.

„Bitte setz dich.“

Ethan nickte und lehnte sich wieder zurück.

Allison wollte ihm gerade sagen, wie er sein Bein hochlegen sollte, als sie das Baby in Megs Armen entdeckte. „Oh mein Gott.“

„Sieh mal, wer da ist“, sagte Meg mit sanftem Gesang zu dem Baby. „Das ist deine Tante Allison.“

Ohne nachzudenken, durchquerte Allison den Raum zu Francines kleinem Mädchen, aber bevor sie ihre Arme nach dem Baby ausstreckte, drehte sie sich instinktiv zu Ethan um. Er nickte ihr schnell zu und das nächste, was sie wusste, war, dass sie in lachende grüne Augen blickte.

„Sie mag dich“, sagte Meg. „Warum setzt ihr euch nicht auf die hintere Veranda? Ich muss mich um ein paar Dinge kümmern. Wenn Catherine nach ihren Besorgungen zurückkommt, mache ich uns etwas zum Mittagessen.“

Ethan nickte und wartete darauf, dass sie vorausging. Auf der Veranda drehte sie sich um. Der Mann, groß wie ein kleiner Baum mit Augen, die so grün waren, dass sie sie an die Murmeln erinnerten, die ihre Nachbarin als Kind gesammelt hatte, schwang sich auf seinen Krücken durchs Haus, als hätte er zwei gesunde Füße.

Waldgrüne Schaukelstühle säumten den Sitzbereich im Freien. Sie wählte den, der der Tür am nächsten war, und setzte sich hinein und schaukelte mit Brittany in den Armen hin und her. „Du bist so süß.“ Das Baby klammerte sich an einen ihrer Finger und Allison spürte, wie sich ihre Wangen zu einem breiten Lächeln nach oben zogen. Sie drehte sich um, um den Moment mit der einzigen anderen Person in der Nähe zu teilen, und traf dieses verdammte, unlesbare Gesicht. Ethan hätte einen großartigen Beefeater abgegeben, um am Buckingham Palace Wache zu stehen.

Ethan wählte einen von zwei Korbstühlen, die nicht schaukelten. Ihr zugewandt hakte er mit dem Griff seiner Krücke einen Beistelltisch ein und zog ihn heran, um sein Bein darauf zu legen. „Nur damit du nicht gegen den Drang ankämpfen musst, mir zu sagen, ich solle mein Bein hochlagern."

„Ich habe nichts gesagt."

„Nein, aber du hast es gedacht."

Sie verkniff sich ein Lächeln und richtete ihre Aufmerksamkeit wieder auf ihre Nichte. Glückliche grüne Augen strahlten sie an. „Du bist so hübsch wie deine Mama." Wieder warf sie einen Blick zu Ethan und stellte überrascht fest, dass sein Gesichtsausdruck weicher geworden war. Ob es an dem Baby lag oder an der Erwähnung von Francine, wusste sie nicht.

Allison setzte das Baby auf ihre Knie und wackelte mit ihren Beinen auf und ab, was Brittany zum Hüpfen und Kichern brachte.

„Ich wusste nicht, dass sie das mag." Ethan lächelte tatsächlich.

„Die meisten Babys tun das. Sie lieben Bewegung."

„Du kannst gut mit ihr."

„Danke." Allison öffnete ihre Augen und ihren Mund ein paar Mal weit und Brittanys Gesicht leuchtete amüsiert auf. „In diesem Alter sind sie wirklich leicht zu unterhalten. Ich glaube, sie hat deine Augen."

Ethan sah überrascht aus.

„Francines sind blauer." Allison hörte auf, mit den Beinen zu wippen, und sah Ethan an. „Hast du sie geliebt?"

Er schüttelte den Kopf. Es gab keinen Moment des Zögerns, des Nachdenkens, nur eine Bewegung seines Kopfes von links nach rechts und zurück.

Allison fing wieder an zu hüpfen und behielt das

Baby im Auge. Sie hätte sich nicht erleichtert fühlen sollen. „Wie lange wart ihr zusammen?"

„Ein paar Tage."

Ihre Knie blieben stehen und ihr Kopf wirbelte herum, um ihn anzusehen. Wenigstens hatte er den Anstand, zerknirscht auszusehen. Nicht, dass es seine Schuld war, dass ihre Schwester mit Männern schlief, die sie unmöglich gut kennen konnte.

„Ich mochte sie."

Er wirkte aufrichtig auf sie.

„Und ich wäre so gut ich konnte für sie da gewesen, wenn ich gewusst hätte, dass sie schwanger ist."

Als sie ihn einen Moment betrachtete, sah sie die Aufrichtigkeit in seinen Augen. „Also hat sie nicht versucht, dich zu kontaktieren ..." Sie konnte das fehlende *bevor sie ihr Baby ausgesetzt hatte* nicht laut aussprechen.

Ethan schüttelte erneut den Kopf. „Kein Wort." Mit seiner gesunden Hand begann er, die Seite seines gebrochenen Beins zu reiben. Gleichzeitig rieb der Daumen seiner verletzten Hand über seine Fingerspitzen. Er musste sich unwohl fühlen.

Allison verlagerte ihre Nichte, damit sie mit ihren Fingern spielen und ihren Daddy sehen konnte. „Ich verstehe nicht, wie sie so weggehen konnte."

„Ich habe aufgehört zu versuchen, sie zu verstehen. Aber eine andere Frage verfolgt mich."

Als sie aufblickte, begegnete sie seinem Blick. „Die wäre?"

„Wird Fancy zurückkommen?"

KAPITEL ELF

Mehrere Dinge kamen Ethan in den Sinn. Würde er, wenn es so weit war, die Physiotherapie für sein Bein und seine Hand in Butler Springs machen dürfen, um in der Nähe von Brittany bleiben zu können, oder würde er auf seinen Heimatstützpunkt zurückkehren müssen? Wie würde es sich auf seine Leistung auswirken, ein Kind zu haben, das von ihm abhängig war? Er hatte schon erlebt, dass die besten SEALs und Ranger ihre Schärfe verloren, sobald sie sich Sorgen darüber machten, eine Frau zur Witwe oder ein Kind zur Waise zu machen. Aber im Moment fragte er sich hauptsächlich, ob er diesem kostbaren kleinen Mädchen gerecht werden könnte? Er lehnte sich nach vorne und strich mit der Rückseite seiner Fingerknöchel über Brittanys Wange, worauf sie ihn mit einem breiten, gurgelnden Lächeln belohnte. „Das ist mein Mädchen."

Allisons Gesichtsausdruck veränderte sich.

Er war sich nicht sicher, was er da las – zum Teufel, er war genauso schlecht darin, die Gedanken einer Frau zu lesen, wie er gut darin war, seinen Helikopter zu fliegen. Wenn er raten müsste, würde er auf einen Anfall von Traurigkeit oder sogar Melancholie tippen. Oder war es vielleicht Sehnsucht, die ihr Gesicht durchzog? „Willst du Kinder?"

Ihr Gesicht hob sich und ihre Augen wanderten umher, als suchten sie in der Ferne nach einer Antwort.

„Ich dachte nicht.“

„Du dachtest, oder du denkst?“

„Ich bin mir nicht sicher.“ Allison hob Brittany hoch, sodass ihre Füße vor ihr baumelten und gab dann kauende Geräusche von sich, als sie vorgab, an Brittanys Zehen zu knabbern. Nach ein paar Wiederholungen setzte sie das Baby wieder auf ihren Schoß und dieses Mal war er sich sicher, dass es Sehnsucht war, die er in ihren Augen sah. „Ich denke, ich will Kinder.“

„Nach dem, was ich gesehen habe, wärst du sicher gut in diesem Job.“

Ein süßes Lächeln huschte über ihre Lippen und ein Hauch von Rosa färbte ihre Wangen. Er mochte es, wie sie errötete, wenn ihr ein Kompliment gemacht wurde. Es war ihr gestern Abend ein paarmal passiert, als Brooks von ihren Errungenschaften schwärmte, aber Ethan war aufgefallen, dass das Erröten stärker wurde, wenn das Lob persönlich war.

Ihre Finger in Brittanys Griff gefangen, wechselte das Baby von einer gründlichen Untersuchung zu einem gelegentlichen Nuckeln und Allison richtete ihren Blick auf einen entfernten Punkt im Hof. „Wir hatten keine ideale Erziehung. Meine Eltern sind viel gereist, als wir klein waren, aber ich erinnere mich, dass Mom fürsorglich und sanft war, wenn sie zu Hause waren. Ich war erst acht, als sie bei einem Flugzeugabsturz ums Leben kamen. Fancy war fast zwölf.“

„Du nennst sie Fancy?“ Er hatte gedacht, es sei ein Spitzname, den Francine gewählt hatte, um nicht ihren richtigen Namen nennen zu müssen.

Ein Lächeln umspielte eine Seite ihres Mundes. „Als ich klein war, konnte ich nicht Francine sagen. Obwohl meine Mutter es verabscheute, nannte mein Vater sie Franny. Irgendwie kam ich auf eine

Kombination aus beidem und sie wurde Fancy genannt. Ich bin mir nicht sicher, welcher Name meiner Mutter weniger gefiel."

„Deiner Mutter gefiel der Name, den sie gewählt hatte." Machte Sinn für ihn. Südstaatler waren berüchtigt dafür, süße kleine Kinder mit massiv langen Namen wie Jefferson Beauregard oder Abigail Elizabeth zu zieren und die Stirn zu runzeln, wenn ein Mensch es wagte, das Kind anders als bei seinem vollen Vornamen zu nennen.

„Mom war Engländerin. Ich glaube, das hat ihre natürliche Sensibilität durcheinandergebracht."

„Ich nehme an, dein Vater war Amerikaner?"

„Geborener Yankee." Sie kitzelte den Bauch des Babys mit einem Finger. „Dad hatte keine lebenden Verwandten mehr, also zogen wir nach dem Unfall zu meiner Tante Millicent. Sie war Antiquitätenhändlerin in Boston. Sie war völlig überfordert mit uns. Ich weiß, dass sie uns geliebt hat, aber sie hatte die Einstellung, dass Kinder gesehen und nicht gehört werden sollten. Sie erwartete, dass wir kleine Erwachsene waren. Das funktionierte nicht gut. Ich konnte mich in meinen Büchern verlieren. Ich denke, man könnte mich eine Streberin nennen. Fancy war nicht sehr akademisch veranlagt. Ein weiterer wunder Punkt bei meiner Tante. Die besten Zeiten, die wir hatten, waren, wenn sie zum Einkaufen verreiste und uns bei der Haushälterin zurückließ."

Er hatte Fancy nie gefragt, wie alt sie war, aber jetzt, wo er darüber nachdachte, sah Allison schrecklich jung aus, um eine so versierte Ärztin zu sein, wie Brooks sie darstellte. „Du warst also schlau?"

„Ich habe erst die zweite Klasse übersprungen und dann die vierte. Zu dieser Zeit hatte meine Tante bereits Ärger mit Francine –"

„Bis jetzt wusste ich nicht, dass du jünger bist als

deine Schwester.“

Allison nickte. „Weshalb meine Tante entschieden hat, dass es nicht in meinem Interesse wäre, die Jüngste in meiner Klasse zu sein. Daraufhin hat sie mich zu einer strukturierteren College-Vorbereitung für Mädchen geschickt.“

„Strukturiert.“ Codewort für Zucht und Ordnung. „Wie lief das?“

„Okay, denke ich. Ich mochte Bücher. Es war ihnen egal, ob ich jünger oder klüger war als sie. Ich habe mit sechzehn meinen Abschluss gemacht. Man hat mir ein Stipendium in Stanford angeboten und ich habe angenommen.“

„Um von der Tante wegzukommen?“

Allison blinzelte. „Daran, äh, habe ich nie gedacht.“ Sie schüttelte den Kopf. „Ein Jahr zuvor hatte Francine meiner Tante eine Postkarte geschickt, in der stand, dass sie geheiratet hatte und glücklich im sonnigen Kalifornien lebte. Tante Millicent wollte, dass ich nach Harvard gehe. Ich wollte näher bei Francine sein, falls sie sich wieder bei mir melden würde. Vielleicht wollte ich tief im Inneren, wie meine Schwester, geografisch so weit wie nur möglich von Neuengland entfernt sein.“

„Das Gehirn ist eine interessante Sache.“

Diesmal lächelte Allison. „Ich wäre fast Psychiaterin geworden. Ich versuchte zu verstehen, was mit meiner Schwester schiefgelaufen war, was ich hätte anders machen können, um die Dinge besser zu machen –“

„Wie das Scheidungskind, das denkt, das Verhalten seiner Eltern sei seine Schuld.“ Sein Herz schmerzte für das verletzte Kind, das sie gewesen sein musste. „Du warst selbst nur ein Kind. Niemand hätte etwas tun können.“

„Hier weiß ich das“, sie tippte sich an die Schläfe,

„aber hier", sie tippte auf ihr Herz, „nicht so sehr."

„Also hast du die Psychiatrie hinter dir gelassen?"

Sie kicherte. „Den Verstand ja, aber das Gehirn konnte ich nicht ganz loslassen. Ich begann meine Facharztausbildung in Neurologie. Ich nehme an, ich musste immer noch verstehen, wie das Gehirn funktioniert. Ich wollte die beste Gehirnchirurgin aller Zeiten werden –"

„Brooks hätte dich gut gebrauchen können."

„Warum das?" Sie runzelte die Stirn.

„Ein Junge, mit dem wir aufgewachsen sind, ist wegen dem College weggezogen, hat geheiratet und ist vor kurzem zurückgekommen. Doch er war ein anderer Mensch."

„Inwiefern?"

„Als Junge war er eine freundliche, sanfte Seele. Als er wieder nach Hause zog, war er aggressiv, aufbrausend und Toni, die Frau meines Bruders, war die erste, die Anzeichen von körperlicher Misshandlung bei seiner Frau bemerkte."

„Ein Tumor?" murmelte sie.

„Ja, aber niemand hat es früh genug diagnostiziert. Ich denke, Brooks gibt sich die Schuld dafür."

„Unsinn. Ich kenne einige der erfahrensten Neurologen der Welt, die einen Tumor erst erkennen, wenn ein PET-Scan darauf hinweist."

„Das ist so ziemlich das, was passiert ist, nur aufgrund der jüngsten Ereignisse könnte der Typ im Gefängnis landen, wenn die Ärzte den Richter nicht davon überzeugen können, dass sein Verhalten durch den Tumor verursacht wurde."

„Nun, das sollte nicht schwer sein."

„Könnte man meinen. Ich kenne die Sachlage nicht genau, aber kurz gesagt, der Tumor befindet sich an einer heiklen Stelle. Das ist nichts, wofür die Chirurgen in Butler Springs bekannt sind, und es ist kompliziert, weil er ein Gefangener im Gerichtssystem ist. Im Moment unterzieht er sich einer Behandlung, um den Tumor zu verkleinern, aber über seine kriminelle Zukunft kann man nur spekulieren."

Allison nickte bei jedem Satz. „Vielleicht kann ich helfen."

„Führst du Gehirnoperationen durch oder gibt es einen texanischen Richter in deiner Familie?"

Sie kicherte wieder. „Keine Gehirnoperation und keine Richter. Aber ich habe einige großartige Kontakte. Ich werde mich später mit Brooks in Verbindung setzen, um einen detaillierteren Bericht zu erhalten. Mal sehen, ob ich helfen kann."

„Danke. Das würde mich sehr freuen. Ich habe die Frau unseres Freundes noch nicht kennengelernt, aber die ganze Stadt kümmert sich um sie. Du machst viel Freiwilligenarbeit, nicht wahr?"

Sie nickte erneut. „Sowohl im In- als auch im Ausland."

„Um Buße zu tun?"

Ihre Augen flogen weit auf. „Nein. Ich helfe gerne."

Altruismus war kein schwer zu verstehendes Konzept. Ethan flog unter miserablen Umständen an gefährliche Orte, weil er es liebte, der Gute zu sein. Es gefiel ihm zu wissen, dass seine Familie zum Lebensmittelgeschäft gehen oder die Straße hinunterfahren konnte, ohne Angst oder Bedenken zu haben, dass ein Spinner, der zweiundsiebzig Jungfrauen treffen wollte, sie in Stücke sprengen würde. Dass sie sonntags in die Kirche gehen und bei Tisch das Dankgebet sprechen konnten, ohne Angst vor Vergeltung haben zu müssen. Doch er mochte auch den Nervenkitzel des Fliegens, den Nervenkitzel, alle Hindernisse zu überwinden. Und fragte sich, ob Allison unterbewusst nicht doch versuchte, das zu korrigieren, was vor so vielen Jahren bei ihrer eigenen Schwester schiefgelaufen war.

Nachdem Brittany die ganze Zeit brav mit ihrer Tante gespielt hatte, ließ sie schließlich die ersten Anzeichen ihrer quengeligen Natur erkennen. „Oh, oh." Allison stand auf und sah zu Ethan. „Windel, hungrig oder müde?"

Ethan schnappte sich seine Krücken und stand ebenfalls auf. „Könnte hungrig oder nass sein. Selbst müde macht sie nicht viel Aufruhr, sie reibt sich nur die Augen oder zupft an ihrem Ohr und macht es sich für ein Nickerchen bequem, wo immer sie ist."

„Okay. Sollen wir dann mit der Windel oder einer Flasche anfangen?"

„Ich würde die Flasche versuchen. Sie scheint für ein Baby einen ziemlich gesunden Appetit zu haben. Die Wickeltasche ist in der Küche." Ethan ging zurück ins Haus.

„Du bist wirklich beweglich mit den Dingern."

Er öffnete die Tasche auf der Theke und holte eine vorgefertigte Flasche heraus. „Ich würde lieber auf meinen eigenen Füßen gehen." Sein Blick huschte hinüber zur Mikrowelle. „Würdest du bitte?"

„Gerne." Sie nahm die Flasche entgegen und durchquerte den Raum. „Wie lange?"

„Zwanzig Sekunden sind genug."

„Es muss frustrierend sein." Mit dem Baby auf einem Arm, wartete sie darauf, dass der Timer klingelte.

„Die Krücken sind mir egal. Ich habe viel Kraft im Oberkörper. Ein paar Wochen auf den Dingern sind ein Kinderspiel im Vergleich zum normalen Fitnesstraining bei den Marines. Was mich stört, ist, nicht in der Lage zu sein, sie herumzutragen, den Kinderwagen zu schieben oder die Flasche zur Mikrowelle zu tragen."

„Wie geht das Windelwechseln?"

„Nicht schlecht, wenn sie nur nass ist, ansonsten fehlt mir noch etwas die Feinmotorik."

Sie kicherte und holte die Flasche. „Das sehe ich. Sollen wir ins Wohnzimmer gehen, die Stühle wären bequemer?"

Ethan nickte ihr zu und selbst auf Krücken mit einer verletzten Hand schlug er sie immer noch beim Wettlauf in den anderen Raum.

„Du bist wirklich gut mit den Dingern."

Er zuckte mit den Schultern.

„Etwas sagt mir, dass du in vielen Dingen gut bist." Sie hatte mit der Aussage nichts Unpassendes gemeint, aber die Art und Weise, wie seine Mundwinkel nach oben wanderten und seine Augen blitzten, geben ihr das Gefühl, dass genau das seine Gedanken waren. Da sie die meiste Zeit ihres Lebens damit verbracht hatte zu studieren oder zu arbeiten, anstatt Kontakte zu knüpfen, funktionierte ihr Fauxpas-Filter nicht immer, und sie spürte, wie ihr die verlegene Röte in die Wangen stieg.

„Du bist wahnsinnig süß, wenn du rot wirst."

„Oh Gott." Sie wollte unter den nächsten Felsen kriechen. Einunddreißig Jahre alt und das Schönste, was ein gutaussehender Mann sagen kann, ist, dass sie süß ist. Und warum? Weil sie immer noch mit der Leichtigkeit eines tugendhaften Teenagers errötete? „Ich bin keine Jungfrau."

Ethans Augen weiteten sich überrascht und funkelten dann amüsiert. „Ähm, nein, ich, äh, hätte das nie angenommen."

Jetzt wollte sie sich ernsthaft in einer Ecke verstecken. Warum zum Teufel hatte sie das laut gesagt? Und was sollte er darauf noch sagen. „Willst du sie füttern oder soll ich?"

Er lächelte süß über ihren lahmen Versuch, der Bombe auszuweichen, die sie abgeworfen hatte. „Würdest du gerne?"

„Ja. Ja, sehr sogar." Abgesehen davon, dass sie die Ablenkung brauchte, um etwas mit ihren Händen zu tun und woanders hinzusehen, als in diese wunderschönen funkelnden grünen Augen, wollte sie wirklich mehr mit ihrer kleinen Nichte in Kontakt treten, als ihr bewusst gewesen war. Mit dem süßen kleinen Ding in ihren Armen vergaß Allison ihren verbalen Fehler und die Frustration, die sie jedes Mal empfand, wenn jemand darauf hinwies, wie jung oder wie unerfahren sie sei.

Brittany saugte los, wobei ihre Hand auf Allisons Fingern ruhte. Allisons Herz schwoll in ihrer Brust an und raubte ihr fast den Atem. Sie arbeitete Tag für Tag mit Babys. Sie wusste ganz genau, wie wunderbar jedes gesunde Baby war, aber dies war ihr eigenes Fleisch und Blut, und etwas, das einem eigenen Kind auf diesem Planeten am nächsten kam. Die Realität war unglaublich. Genauso wie die Verbindung, die dieses Kind zu ihrem Vater aufgebaut hatte. So fasziniert Brittany auch von dem neuen Gesicht war, das mit ihr spielte und sie fütterte, schaute sie doch alle paar Sekunden zu ihrem Vater hinüber.

Ethan muss es auch aufgefallen sein. „Normalerweise bin ich die Einzige, der sie tagsüber füttert."

Ein weiterer Knoten bildete sich in ihrer Brust. Nur ein paar Wochen und Tochter und Vater hatten eine tiefe Verbindung aufgebaut. „Sie liebt dich schon."

„Ich liebe sie auch. Ich habe nicht geahnt, wie sehr ich einen anderen Menschen lieben könnte. Ich verstehe nicht wirklich, inwiefern diese Liebe anders ist als die zum Rest meiner Familie, doch das ist sie."

Allison nickte. „Ja, ich wette, das ist sie."

Was im besten Interesse ihrer Nichte war, schien ihr nun nicht mehr so offensichtlich wie zuvor. Was zum Teufel sollte sie jetzt also tun?

KAPITEL ZWÖLF

„Wenn deine Tante herausfindet, dass ich dich fahren lasse, wird sie sich eines der Gewehre schnappen und mich erschießen", sagte Catherine.

„Unsinn." Ethan griff das Lenkrad fester. Es hatte etwas Überzeugungsarbeit und eine kleine Demonstration gebraucht, dass er in der Lage war, den Pick-up tatsächlich mit seinem linken Fuß zu fahren, aber er musste dringend das Gefühl haben, für eine Weile die Kontrolle über etwas zu haben. Auch wenn es nur der Truck auf der Heimfahrt war. „Tante Eileen will mehr Farradays und sie weiß bereits, dass du dich fortpflanzen kannst. Du bist also sicher."

„Sicher ist nicht das erste Wort, das mir in den Sinn kommt." Catherine lehnte sich auf dem Beifahrersitz zurück und verschränkte die Arme. „Wir werden vor der Ranch anhalten und die Plätze tauschen."

„Feigling."

„Reiner Überlebensinstinkt", sagte sie trocken und lächelte dann.

Ethan lachte. Von den neuen Frauen in der Familie Farraday kannte er Catherine am wenigsten. Nicht, dass er die anderen viel besser gekannt hätte, aber zumindest war er bei Adams Hochzeit zu Hause gewesen und hatte die Gelegenheit gehabt, Meg und Toni kennenzulernen. Catherine gesellte sich dazu, nachdem Ethan wieder in die Wüste zurückgekehrt war. In den letzten vierundzwanzig Stunden hatte er sie viel besser kennengelernt, zwischen dem Kampf um Brittany und dem Hin- und Herfahren zur Ranch. Kein Wunder, dass sein Bruder sie liebte. Zwei Hitzköpfe. „Habt ihr euch endlich für ein Datum entschieden?"

„Das Datum war nicht das Problem."

„Das stimmt. Vegas gegen Tante Eileen."

Catharine lachte. „Ich glaube nicht, dass Vegas jemals erwähnt wurde. Zumindest nicht ernsthaft."

„Nein. Ich bin mir ziemlich sicher, dass mein Bruder nicht gescherzt hat, als er sagte, er würde dich gerne in ein Auto setzen und nicht anhalten, bis er einen Priester in Vegas gefunden hat." Ethan wandte seinen Blick von der Straße ab und sah Catherine in die Augen. „Ist dir klar, wie sehr mein Bruder dich zu seiner Frau machen will?" Angesichts des breiten Grinsens, das sie überkam, war sich Ethan ziemlich sicher, dass sie das tat und dass das Gefühl sehr auf Gegenseitigkeit beruhte. „Also, wo ist das Problem?"

„Es gibt kein Problem. Ich habe schon einmal in einer aufwendigen Feier geheiratet, die einer königlichen Hochzeit Konkurrenz machen konnte. Ich brauche das nicht noch einmal."

„Aber Tante Eileen will es?" Er hatte gedacht, dass jede Frau eine große, aufwändige Hochzeit haben wollte, doch er hatte nicht gedacht, dass Catherine das schon hinter sich hatte.

„Ich weiß, Connor mag eine große Hochzeit genauso wenig wie ich. Aber da Brooks schon so eine kleine Zeremonie hatte, bedeutet deiner Tante eine aufwändige Hochzeit scheinbar extrem viel."

Er liebte es, dass die Gefühle seiner Tante Catherine genauso wichtig waren wie all seinen Geschwistern.

„Becky und DJ müssten einfach anfangen, Pläne zu schmieden."

„Ich bin verwirrt. Warum?"

„Weil Becky noch nie verheiratet war. Sie ist diese Art Prinzessin, die sich wahrscheinlich jedes Detail ihrer Hochzeit schon seit ihrer Pubertät ausmalte."

Ethan biss sich auf die Zunge. Catherine hatte wahrscheinlich Recht, aber es machte keinen Sinn, darauf hinzuweisen, dass diese Pläne höchstwahrscheinlich ihn und nicht D.J. beinhaltet hatten. Zumindest bis vor kurzem.

„Werd' mir nicht zu nostalgisch." Catherine warf ihm einen scharfen Blick zu. „Du warst ihr Schwarm, D.J. ist die Liebe ihres Lebens und Becky verdient all den Spaß und das Tamtam, der mit zwei Menschen einhergeht, die den Bund fürs Leben schließen. Jetzt, wo Tante Eileen die Hochzeit des Jahres auch noch mit ihrer besten Freundin planen kann, sieht sie eine kleinere Hochzeit für uns sicherlich nicht mehr so kritisch. Nicht so privat wie die von Brooks, aber auch nicht das Gesellschaftsereignis des Jahres."

„Also was du sagst ist …"

Catharine lächelte. „Hoffentlich bevor du gehen musst. In vier Wochen ab heute."

Wenn er nicht auf der Straße gewesen wäre, hätte Ethan sie in eine kräftige *Willkommen in der Familie*-Umarmung gezogen. „Ich humpele vielleicht noch, aber ich werde da sein."

„Du solltest bald wieder in Laufschuhen stecken, oder?"

Er nickte. „Sollte." Er könnte auch wieder auf dem Weg nach Pendleton sein. Neben den Hochzeitsterminen für seine Brüder, die wie Fliegen in ein Zuckerkoma fielen, musste noch so viel mehr entschieden werden. „Glaubst du, dass der Richter bis dahin dem Rechtsabtritt zugestimmt haben wird?"

„Die Möglichkeit besteht."

„Du machst dir Sorgen wegen Allison?" Er

riskierte einen Blick in ihre Richtung.

„Nicht wirklich. Letzten Endes hat sie keine wirkliche rechtliche Grundlage, um dir das Sorgerecht für Brittany streitig zu machen. Die ganze Sache könnte sich nur verdammt lange hinziehen, wenn sie sich entscheidet, rechtliche Schritte einzuleiten."

Ethan klammerte sich erneut an das Lenkrad, weil er die kühle, harte Oberfläche unter seinen Händen spüren wollte. „Denkst du, sie wird etwas unternehmen?"

„Ich weiß es nicht. Du hast heute mehr Zeit mit ihr verbracht als wir alle zusammen. Was glaubst du, was sie will?"

Das war eine interessante Frage. Gestern hätte er, ohne zu zweifeln, gesagt, dass sie das Sorgerecht für Brittany haben wollte. Heute war er sich nicht mehr so sicher. Ihr Gesichtsausdruck hatte ihm gezeigt, dass sie sich bereits in das kleine Mädchen verliebt hatte. Und er zweifelte nicht daran, dass sie auf das Sorgerecht hoffte, doch er fragte sich, ob sie nicht doch hinter etwas anderem her war. Etwas Unmöglichem. Eine Familie zu retten, die es nie wirklich gab.

Manche Dinge im Leben ergaben keinen Sinn. Das zu akzeptieren, war das Schwierigste für Allison. Als Ärztin wollte sie auf alles Schwarz-Weiß-Antworten. Gut oder schlecht. Aber das Leben hatte die Eigenart, nur Grauschattierungen zu verteilen. In den letzten Stunden, seit Ethan und Brittany gegangen waren, hatte sie sich mit ihrer Arbeit beschäftigt. Die kleine Notfallpatientin, die ihre Abreise nach Texas verzögert hatte, machte eine schnelle Genesung durch. Allison wandte sich wegen seines Tumorpatienten an Brooks

Farraday und dieser nutzte diese Gelegenheit sofort, um eine renommierte Meinung einzuholen. Seinem Ton nach zu urteilen, würden alle Farradays und die halbe Stadt sich einen Arm ausreißen, um ihrem Freund zu helfen. Dieser Zusammenhalt gefiel ihr.

Filme, Bücher und Folklore zeigten die Herrlichkeit des Kleinstadtlebens. Allison hatte diese Propaganda nie geglaubt. Die menschliche Natur war zu fehlerhaft für diesen altruistischen Lebensstil. Doch nun begann sie, diese Philosophie zu überdenken.

Als sie nach unten gegangen war, um ihre Gedanken zu sortieren, hatte Meg angeboten, ihr einen Snack zu machen. Wäre Meg nicht involviert gewesen, hätte Allison die Gelegenheit gerne genutzt, um über ihre Situation zu sprechen. Aber so fiel es ihr schwer zu verstehen, warum Meg und Adam so nett zu ihr waren. Wenn dies der Fernsehfilm der Woche wäre, würden an jeder Ecke Verschwörungen warten, die darauf abzielen, sie aus der Stadt zu vertreiben.

Natürlich *könnte* es auch Intrigen geben, um sie ein für alle Mal loszuwerden, und das freundliche Geplänkel und das süße Lächeln waren lediglich eine Fassade. Ein Trojanisches Pferd. Obwohl sie das ernsthaft bezweifelte. Nein, anstatt ihrer Gastgeberin das Ohr abzukauen, ging Allison auf ihrem Weg zu dem alten Café die Main Street entlang. Diesmal konnte sie die Geschäfte entlang des Weges in Augenschein nehmen. Ein paar Minuten lang spähte sie ins Innere des Cut and Curl, fasziniert von der Reihe alter Haartrockner an der Rückwand. Szenen aus einigen ihrer Lieblingsfilme, die Frauen in den fünfziger Jahren zeigten, die unter den riesigen metallischen Apparaten tratschten, schossen ihr durch den Kopf.

Nicht weit entfernt fiel ihr der Laden namens Sisters ins Auge. Das Schaufenster enthielt eine Reihe verschiedener Artikel, von Damenschuhen bis hin zur Babyausstattung. Es waren die Säuglingsprodukte, die sie ins Innere zogen. Eine altmodische Kaufmannsglocke ertönte, als sich die Tür öffnete und hinter ihr schloss.

Sofort erschien eine lächelnde, kleine und rundliche Blondine mit einer bauschigen Frisur, die jenen Filmen würdig war, an die Allison sich gerade erinnert hatte. „Sie müssen einer von Megs Gästen sein. Willkommen in Tuckers Bluff."

„Ja, das bin ich. Danke." Das Lächeln der Frau war ansteckend.

Bevor Allison noch etwas sagen konnte, kam eine große, schlanke erdbeerblonde Frau hinter einem Vorhang hervorgeeilt. „Oh, hallo. Ich habe die Glocke nicht gehört. Hilft Sister Ihnen bei Ihrer Suche?"

„So weit sind wir noch nicht, Sissy. Die Dame ist gerade erst hereingekommen."

„Nun." Die große Frau lächelte. „Wie können wir Ihnen helfen?"

Allison sah sich in dem innen sehr geräumigen Laden um und ihr Blick blieb auf einer kleinen Abteilung mit Babymöbeln hängen. „Ich suche ein Geschenk für ein Baby."

„Ooh", die kleinere der beiden Frauen schlug ihre Hände zusammen und rieb sie begeistert. „Wir lieben Babys. Wie alt?"

„Nur ein paar Monate." Allison hätte in der Lage sein sollen, es schnell im Kopf auszurechnen. Was für eine Tante war sie, wenn sie Brittanys Alter nicht auf den Tag genau zu kannte?

„Mädchen oder Junge?", fragte die größere, die bereits zu dem Bereich des Ladens ging, der Allisons Aufmerksamkeit erregt hatte.

„Mädchen."

Die beiden Frauen sahen sich einen Moment lang

an. Die eine zog eine Augenbraue hoch und die andere machte ein komisches Gesicht, bevor beide mit den Schultern zuckten. Sister und Sissy. Sie sahen nicht gerade wie Geschwister aus, und doch kommunizierten sie mit der Leichtigkeit von eineiigen Zwillingen.

„Sie ist ein sehr quirliges Baby." Allison hatte das Bedürfnis zu beweisen, dass sie etwas über ihre Nichte wusste, obwohl diese Damen keine Ahnung hatten, worum es ging. Oder vielleicht doch? Immerhin war dies eine kleine Stadt. Aber *so* klein doch sicher auch nicht.

„Sitzt sie schon allein?", fragte Sissi.

Allison war wieder überfragt. Die meisten Babys saßen erst, wenn sie mindestens sechs Monate alt waren, und der Übergang zum selbstständigen Sitzen kam eher ab acht Monaten, doch das war nur ein Richtwert. Ihre Gedanken blätterten schnell durch die Momente, in denen sie das Baby beobachtet und mit ihr gespielte hatte, aber sie konnten sich an kein einziges Mal erinnern, wo Brittany sich selbst aufgesetzt hatte. „Nein."

„Okay, ihr Po ist noch nicht platt."

„Verzeihung?"

Die beiden Schwestern lachten. „Das sagen wir, wenn ein Baby zu jung zum Sitzen ist. Ihr Hintern ist noch nicht abgeflacht, also fallen die Babys um."

„Oh." Das war ein Fakt, den man ihr im Medizinstudium nicht beigebracht hatte, aber sie nahm an, dass er genauso gut stimmen könnte wie jede physiologische Erklärung. „Sie scheint fasziniert davon zu sein, meine Finger zu greifen."

„Okay. Hat sie schone eine schöne Rassel?"

Wieder hatte Allison keine schnelle Antwort parat. Abgesehen von den Dingen in ihrer Windeltasche hatte Allison wenig Ahnung davon, welche Art Spielsachen das Kind bereits besaß. „Ich glaube nicht."

Die beiden Schwestern blieben stehen, um sich anzusehen, dann drehte Sissy sich wieder zu ihr um. „Besuchen Sie die Familie der Kleinen hier in Tuckers Bluff?"

Endlich eine Frage, die Allison schnell und sicher beantworten konnte. „Ja. Die Farradays."

„Oh", wiederholten die beiden Frauen.

„Sie besuchen die kleine Brittany. Ein Goldstück." Sissy fing an, kleine Boxen von einem Tisch in der Nähe zu holen. „Seit dem Tag, als D.J. und Becky mit ihr hier vorbeikamen, hat sie unsere Herzen gestohlen."

„Und die der restlichen Stadt auch", fügte Sister hinzu, wobei ein leichtes Stirnrunzeln ihre Augenbrauen zusammenzog. „Bringt mein Blut jedes Mal zum Kochen, wenn ich daran denke, was ihre Mama getan hat."

„Also, Sister." Sissy öffnete eine Schachtel. „Dieses Kind bei ihrem Papa und ihren Onkeln zu lassen, war das Beste was diesem Baby passieren konnte. Es gibt keinen besseren Ort, um ein Kind großzuziehen, als hier in Tuckers Bluff."

„Oder bei den Farradays. So gute Leute." Sister nickte. „Diese Tante Eileen, die ihr eigenes Leben und ihren Verlobten aufgegeben hat und hiergeblieben ist, um die Kinder ihrer Schwester großzuziehen. Helen wäre wirklich stolz auf sie."

„Ja. Hier gibt es wirklich ein paar sehr gute Familien. Hier ist es." Sissy wedelte mit einer bunten kleinen Schachtel. „Seit sie Brittany ins Ranch-Haus gebracht und ihr ein eigenes Zimmer gegeben haben, haben wir fast alle Babyartikel verkauft, die wir hatten."

„Das haben wir", stimmte die rundliche Schwester zu.

„Aber das hier ist nicht *Made in China* oder einem

anderen heidnischen Land."

„Sissy!"

„Ich weiß. Es tut mir leid. Es bring mich nur immer auf die Palme, wenn ich an all die Arbeitsplätze denke, die dieses Land verloren hat. Wir waren vor zwanzig Jahren so kurz davor", sie bewegte Daumen und Zeigefinger zusammen, „eine Jeans-Fabrik im County zu bekommen. Wäre ein großer Aufschwung für die Stadt gewesen. So wären sicher mehr von unseren jungen Leuten hiergeblieben", seufzte die dünne Frau. „Wie auch immer, das", sie hielt die Schachtel hoch, „ist Handarbeit und das Holz ist mit natürlichen Farben gebeizt, also nichts Giftiges, das dem Baby schaden könnte. Genau die richtige Größe für die Hände der kleinen Brittany."

Die Schwester schüttelte die kleine Rassel, lächelte und reichte sie Allison. Das geringe Gewicht überraschte sie. Und soweit sie das beurteilen konnte, waren die Teile so fein geschnitzt, dass sich die Einzelteile nahtlos ineinanderfügten. Die Kugel, die die Geräusche machte, hatte einen blassen Rotton. Der Griff war in einem hellen Blau gehalten und der Ring am unteren Ende in einem hübschen Gelb.

„Absolut sicher zum daran Kauen und Sabbern."

„Sie ist wunderschön." Allison hatte noch nie ein so einfaches, aber schönes Stück gesehen. „Wissen Sie, wer es gemacht hat?"

Die Schwestern blickten einander wieder wie zuvor an.

„Ein ortsansässiger Viehzüchter. Er arbeitet gerne mit Holz. Das ist die einzige Rassel, die er je gemacht hat. Er sagte, wir sollen sie nur an jemand Speziellen herausgeben." Sissy gab Allison die kleine Schachtel, in der die Rassel aufbewahrt worden war. „Ich weiß, dass Brittany diese Anforderung erfüllt. Vielleicht tun Sie das auch."

KAPITEL DREIZEHN

„Ich soll verdammt sein." Brooks ging mit seiner Frau an seiner Seite ins Wohnzimmer. „Sie hat es getan."

„Wer hat was getan?" Tante Eileen warf einen Blick auf den Braten im Ofen.

„Allison. Sie hat Jakes Akten an einen ihrer Kollegen in Stanford weitergeleitet. Und nicht irgendeinen Kollegen. Den zweitbesten Gehirnchirurgen des Landes."

„Und?", warf Ethan ein. So wie Brooks aus der Haut sprang, musste da mehr sein.

„Und er hat zugestimmt, Jakes Operation durchzuführen. Er hat auch zugestimmt, dem Richter einen Bericht über eine kürzlich zusammengestellte Sammlung von Fallstudien über Gewalt nach der Operation bei genau dieser Art von Tumor zu schicken."

Tante Eileen schloss die Ofentür. „Ich hätte nicht gedacht, dass es so viele Fälle gibt, um einen qualifizierten Bericht dazu zu erstellen."

„Mehr als wir denken. Er wird seine Arbeit unentgeltlich machen, aber das Krankenhaus, der Transport und andere Dinge werden ein paar Dollar kosten."

„Wer zahlt dafür?", fragte Connor.

„Der alte Thomas."

Alle Bewegungen im Haus erstarrten, als hätte ein

allmächtiges Wesen die Pause-Taste auf einer Fernbedienung gedrückt.

Sean Farraday sah von Sohn zu Sohn. „Jeder Vater würde das tun.“

„Nicht der alte Thomas.“ Ethan war im Laufe der Jahre vielleicht öfter weggewesen, doch der Ruf des alten Thomas‘ folgte ihm überall hin. „Dieser Mann hat nie auch nur einen Cent für seine Familie ausgegeben, wenn er ihn stattdessen für ein Pferd hätte ausgeben können.“

„Glaubst du, er wird einige seiner Pferde verkaufen?“, fragte Connor.

„Unwahrscheinlich.“ Ihr Vater schüttelte den Kopf

„Nein“, Brooks zuckte mit den Schultern. „Es ist nur ein Gerücht, aber er verkauft vielleicht den Futterladen.“

Tante Eileen blieb neben Brooks stehen. „Das kann eine Weile dauern.“

„Glaubst du, irgendjemand aus der Stadt würde ihn übernehmen wollen?“, fragte Grace.

Sean Farraday schüttelte den Kopf. „Ich kann mir niemanden vorstellen, der das Geld oder die Zeit dafür hat.“

„Was ist mit einem der Bradys?“ Tante Eileen ging zum Waschbecken. „Sie sind ein schrecklich großer Clan und das Land der Familie wird mit jeder Generation weiter aufgeteilt.“

„Möglich“, stimmte Sean Farraday zu. „Man kann nie wissen.“

„Vielleicht bringt ein Außenstehender frischen Wind ins Geschäft.“ Grace legte die Messer und Gabeln um den Tisch herum aus, dann kam sie zum Ende und hielt inne. „Wir haben ein Gedeck zu viel.“

„Nein, haben wir nicht.“ Tante Eileen drehte den Wasserhahn auf.

Grace zählte die Gedecke. „Für wen ist der

vierzehnte Platz?"

„Da fällt mir ein." Eileen warf ihrem Schwager einen Blick über die Schulter zu. „Da die Familie so schnell wächst, brauchen wir bald einen größeren Tisch. Ich dachte, vielleicht möchtest du das zu deinem nächsten Projekt machen."

Sean Farraday betrachtete den Tisch, den er nach Finns Geburt für seine Frau gemacht hatte. Helen Farraday hatte vorausgedacht, als sie ihren Mann das Esszimmer auf die frühere Veranda hinaus erweitern ließ. Es überraschte niemanden, dass jetzt auch ihre Tante weiterdachte. Sean sagte kein Wort, sondern nickte seiner Schwägerin nur zu, was sie mit einem Lächeln erwiderte. Sie hatten im Laufe der Jahre häufig diese Art von Kommunikation betrieben. Ethan hatte sich immer gefragt, ob seine Mutter auch so kommuniziert hätte.

„Was immer noch die Frage offenlässt, für wen der letzte Platz ist?", wiederholte Grace.

Tante Eileen drehte das Wasser ab und wandte sich zu ihrer Nichte. „Ich habe Allison zum Sonntagsessen eingeladen."

Acht Köpfe schossen von Person zu Person. Kein einziger wagte es, mit der Familienmatriarchin zu diskutieren. Und ehrlich gesagt war Ethan irgendwie froh darüber, dass sie das getan hatte.

Allison bog hinter Meg und Adam auf die lange Auffahrt. Sie hatten ihr angeboten, sie mitzunehmen, aber sie wollte die Freiheit eines eigenen Autos nicht aufgeben, falls die Situation zu peinlich werden sollte und sie zum Bed-and-Breakfast zurückkehren musste.

In der Ferne ragte das Ranch-Haus wie eine

Ansichtskarte für einen alten Western auf. Seit dem Verlassen der Stadt bis jetzt hatte es kein Lebenszeichen gegeben. Beim Frühstück hatten Adam und Meg über das Leben in West-Texas geredet. Ein anderer Gast hatte viele Fragen über die Ranch gestellt und Allison hatte schweigend eifrig zugehört. Es gab eine Menge Details, die man mit dem allmächtigen Google finden konnte, aber hier am Tisch hatte sie so viel mehr gelernt.

Obwohl Adam nie Einzelheiten darüber preisgab, wie viele Rinder sie hielten oder was die Regierung ihnen für die Haltung der Wildpferde bezahlte, hatte sie immer noch ein ziemlich solides Bild davon, wie gut es der Farraday-Ranch ging. Sie erfuhr nicht nur, wie viele Hektar Land in diesem trockenen Teil des Bundesstaates für die Rinderfütterung benötigt wurden, sie erfuhr auch viel über Connor und die Pferdezucht, die er zusammen mit seiner Verlobten, der Anwältin, aufgebaut hatte.

Jetzt, wo sie persönlich bei der berühmten Ranch vorfuhr, hatte sie den leisen Verdacht, dass ein großer Teil des Landes, durch das sie gefahren waren, um hierher zu kommen, das sogenannte Farraday-Country gewesen war. Mit jeder neuen Information sah sie ihre Chancen, ihre Nichte zu sich nach Hause zu bringen, immer weiter in die Ferne schweifen. Selbst nachdem sie vor ihrer Reise über die Familie recherchiert hatte, hatte sie immer noch gehofft, einen draufgängerischen Marine vorzufinden, der wenig oder gar kein Interesse daran hatte, eine Tochter großzuziehen. Das einzige Mal, dass sie in letzter Zeit das geringste bisschen Hoffnung verspürt hatte, war, als Ethan davon sprach, wieder in den aktiven Dienst zurückzukehren. Sie konnte in seinen Augen sehen, wie sehr er liebte, was er für das Militär tat. Das war ihr Ass im Ärmel.

Sie folgte der Autoschlange und parkte neben

Adams riesigem Pick-up. Allison hätte beinahe laut gelacht, als sie ihn das erste Mal gesehen hatte. Anscheinend war an dem alten Sprichwort *In Texas ist alles größer* mehr als nur ein Körnchen Wahrheit dran. Adams war aber nicht der einzige Truck, den sie in der Stadt gesehen hatte, der groß genug war, um einen kleinen Stamm zu beherbergen. Sie war keineswegs eine kleine Frau, aber selbst sie würde eine Trittleiter brauchen, um in dieses Monster zu klettern, und der Sturz auf dem Weg nach draußen würde ein höllischer Fall werden.

Allison nahm ihre Handtasche, die Rassel und das Stoffschweinchen, das so weich und kuschelig war, dass sie nicht hatte widerstehen können, und folgte Adam und Meg ins Haus. Das Erste, was ihr auffiel, war der Geräuschpegel. Laut und ein bisschen hektisch mit einer Mischung aus Gelächter und Debatten und vielen knallenden Schränken und klirrenden Gläsern und Besteck. Die Luft war lebendig und voller positiver Energie. Trotz der Besorgnis, die der Tag für sie bereithielt, konnte sie sich ein Lächeln nicht verkneifen.

Als sie den Eingangsbereich durchquerte, blickte sie nach rechts und entdeckte Ethan auf dem Liegesessel. Seine Augen waren geschlossen und Brittany lag ausgestreckt auf seiner breiten Brust, wobei Ethans Hand auf ihrem Rücken ruhte, um sie sicher an Ort und Stelle zu halten. Brittany sah an ihm so viel kleiner aus. Allison wandte sich von der Richtung ab, die Meg einschlug, und betrat langsam das Wohnzimmer. Der Anblick von Vater und Tochter, das Nebeneinander von Riese und Kind, der Zusammenstoß von Beschützer und Unschuldigem packte Allisons Herz und drückte es zusammen. Wie sollte sie dagegen ankämpfen?

Eines von Ethans Augen öffnete sich. „Hallo."

„Hallo", flüsterte sie. „Ich dachte du schläfst."

Nun beide Augen geöffnet hob sich eine Braue hoch auf seiner Stirn und mit seiner freien Hand deutete er mit seinem Daumen über seine Schulter. „Bei all dem Lärm?"

Allison warf einen Blick hinter die Beiden zu dem breiten Durchgang, der volle Sicht auf die um den Küchentisch versammelte Familie bot, und erkannte, dass sie die Einzige war, die flüsterte. „Wie schläft sie bei all dem Lärm?"

Ethan zuckte mit den Schultern. „Ich schätze, sie ist einfach daran gewöhnt."

Sofort erinnerte sich Allison daran, wie laut der Dschungel anfangs für sie klang und es ihr unmöglich machte, auch nur einen kurzen Augenblick zu schlafen, und dass sie bis zu ihrer Abreise einen Krieg hätte verschlafen können. „Macht Sinn." Sie hob die kleine Tasche mit den Geschenken hoch. „Ich habe ihr eine Kleinigkeit mitgebracht."

Eine Seite seines Mundes wanderte nach oben, gefolgt von der gegenüberliegenden Seite und Allison spürte die Wirkung des breiten Lächelns bis zu ihren Zehen.

„Das ist nett von dir."

„Sie ist meine Nichte."

Brittany bewegte sich und eine ihrer winzigen, zu Fäusten geballten Hände wanderte näher zu ihrem Mund, wobei sie einen leisen, zufriedenen Seufzer ausstieß. Allison wollte glauben, dass diese Aussage Brittany glücklich gemacht hatte. Natürlich hätte sie sich auch gewünscht, dass ihre Schwester nicht mehr wie ein Blumenkind der Sechziger Jahre durchs Land streifte, sondern sich eher wie ein Teil einer normalen Familie benahm. Ihr Blick hob sich zu den Menschen, die in der Küche arbeiteten. Wie die Farraday-Familie.

„Ich habe dich gar nicht ankommen gehört." Tante

Eileen wischte sich die Hände an der Schürze mit Apfelmuster ab, die sie um die Taille gebunden hatte, und streckte dann ihre Hände nach Allison aus.

Überzeugt, dass die Frau nach der Tasche griff, die Allison trug, wurde sie überrascht, als die Familienmatriarchin sie in eine einladende Umarmung zog.

„Ich bin so froh, dass du es einrichten konntest." Tante Eileen lächelte. „Du machst es dir einfach hier drinnen bequem und ich lasse dir von jemandem ein Glas kühlen Tee bringen."

Etwas verblüfft nickte Allison nur. Erst als sie aufs Sofa gesunken war, fiel ihr ein, dass sie keinen Eistee mochte.

„Sie mag dich."

„Ja. Das dachte ich mir auch." Allison sah zur Küche und zurück. „Warum?"

Ethan zuckte mit den Schultern. „Warum nicht?"

Weil ich hier bin, um diese verrückte glückliche Familie zu zerstören.

„Brooks sagte, dass du Jake Thomas hilfst."

„Nicht speziell ich, aber als ich mir die Testergebnisse selbst angesehen und mehr Details von Brooks gehört habe, musste ich einfach helfen."

„Allison Monroe", lächelte Ethan, „du bist ein netter Mensch."

War sie das? Würde ein netter Mensch für ihre Nichte gegen eine Familie wie diese kämpfen? Würde ein netter Mensch überhaupt versuchen, ihre Nichte aus einer solchen Familie fortzuholen? Gott, mit jedem Augenblick wurden die Dinge verwirrender.

Ethans Kopf neigte sich zur Seite und sein Blick verengte sich. „Ist das schwer zu glauben?"

„Was?" Allison blinzelte. „Oh. Ich, äh, ich bin es nicht gewohnt, persönliche Komplimente zu hören."

Seine Augen schossen weit auf. „Warum zum Teufel nicht? Eine schöne, kluge und fürsorgliche Frau wie du sollte haufenweise Komplimente bekommen.“

Schön? Sie? Fancy war die Hübsche, sie war die Kluge. Fürsorglich, okay, sie wäre keine Ärztin geworden, wenn es ihr egal wäre. Aber schön?

„Allison?“

Sie blinzelte und betrachtete Ethans verwirrten Gesichtsausdruck. „Ich war ein fleißiger, unbeholfener Teenager in einer reinen Mädchenschule. In meinen ersten Jahren auf dem College haben nicht viele Jungs auf die klugen und unbeholfenen Frauen geachtet. Ich habe meinen Abschluss in drei Jahren gemacht und doppelt so hart gearbeitet, um zu beweisen, dass ich ins Medizinstudium gehöre, auch wenn ich erst neunzehn war.“

„Du warst neunzehn und hast schon Medizin studiert?“ Seine Augen funkelten ungläubig.

Sie zuckte mit den Schultern. „Viele Länder mit stärkerer Sekundarschulbildung, wie zum Beispiel England, kombinieren College und Medizinstudium ab neunzehn.“

„Du warst aber nicht in England oder einem anderen Land.“

„Nein. Aber als ich mit dem Medizinstudium fertig war, hatte ich nicht nur bewiesen, dass ich dazugehöre, sondern auch die Aufmerksamkeit mehrerer wichtiger Professoren auf mich gezogen. Berufliche Komplimente bin ich deshalb gewohnt.“

„Und wann bist du endlich aus deiner unbeholfenen Phase herausgewachsen?“

Sie zuckte mit den Schultern. Sie würde nie die Hübsche sein. Fancy hatte das blonde Haar und die großen blauen Augen. Allison war die durchschnittliche Schwester mit überdurchschnittlichem IQ. Die einzige Zeit, in der Allison nicht unbeholfen war, war, wenn sie einen Laborkittel und ein Stethoskop trug. „Ich bin mir nicht sicher, ob ich das jemals bin.“

KAPITEL VIERZEHN

Jemals? Schaute Allison nicht in den Spiegel? Wenn ein Kerl nicht achtgab, konnten ihn diese stürmischen grauen Augen im Handumdrehen packen und ihn nie wieder loslassen. Ihr süßes, schüchternes Erröten, das ihm mehr als einmal unter die Haut gegangen war, brachte jeden Schutzinstinkt zum Vorschein, der in die männliche DNS eingraviert war. Und die wenigen Male, die sie gelächelt hatte, wirklich gelächelt, konnte er an den Stellen etwas spüren, wo er nichts spüren sollte.

„Ich wurde geschickt, um das obligatorische Gesellschaftsgetränk des Südens zu kredenzen." Grinsend kam Grace mit einem Tablett mit zwei Gläsern Tee herein und stellte es vor Allison auf dem Tisch ab. „Und wegen deines Status als verehrter Hausgast, wurde dir nicht nur die Ehre von Tante Eileens Firmenschürze zuteil; nein, ich muss auch das Tablett benutzen, um zwei Gläser vorbeizubringen, die ich genauso gut hätte in den Händen hereintragen können."

„Danke. Aber ich hätte kommen und sie holen können." Allison machte wieder diese Sache mit dem Erröten und Ethan war überzeugt, dass er jeden Tropfen des Eistees brauchen würde.

Grace lächelte aufrichtig. „Es ist keine große Sache. War mir ein Vergnügen. Und los geht's, großer Bruder." Grace reichte ihm das Glas und hob das Tablett wieder hoch. „Ruf mich, wenn du noch etwas brauchst, bis morgen früh gehöre ich ganz dir.“

„Warum setzt du dich nicht zu uns?“, fragte Allison.

„Nein. Tante Eileen hat uns alle zum Arbeiten verdonnert. Ich schwöre, diese Frau kann sich bedeutungslosere Aufgaben ausdenken als ein Drill-Sergeant.“

„Und genau wie bei einem Drill-Sergeant fragt niemand, wie hoch, wenn Tante Eileen sagt: springt“, stimmte Ethan zu.

Kichernd drehte sich Grace um und kehrte murmelnd in die Küche zurück: „Man muss sie einfach lieben.“

Allison winkte Grace mit dem Finger nach und fragte leise: „Warum bis morgen?“

„Sie geht zurück nach Dallas, ihre Vorlesungen beginnen.“ Während Brittany immer noch auf seiner Brust schlief, setzte er sich so weit wie möglich auf und leerte das halbe Glas Eistee in einem langen Schluck.

Allison hingegen nahm nur ein winziges Schlückchen und beugte sich dann vor, um ein kleines Päckchen aus der Tasche zu holen. „Ich habe das heute in einem kleinen Laden namens Sisters gekauft. Sind die beiden Frauen wirklich miteinander verwandt?“

Ethans Brust hob und senkte sich im Takt seines grollenden Gelächters. „Ja, sie sind wirklich Schwestern und nein, wir haben keine Ahnung, wie sie wirklich heißen.“

„Ich verstehe.“ Sie lächelte und öffnete den Deckel der Schachtel. „Glaubst du, Brittany wird das gefallen?“

Er stellte sein halbleeres Glas neben sich auf den Tisch und nahm das Geschenk entgegen, das sie ihm reichte. „Schöne Arbeit.“ Er drehte die Rassel immer und immer wieder und ließ ihr Rasseln ertönen. „Sie wird sie lieben.“

„Die Schwestern sagten, es käme von einem ortsansässigen Rancher und dass er nur eine gemacht hat."

Ortsansässiger Rancher. Ethan grübelte.

„Was?" Allison legte den Kopf schief und betrachtete Ethan genauer. „Weißt du, wer sie gemacht hat?"

„Vielleicht. Einer der Brady-Brüder war schon immer gut im Umgang mit Holz. Ich glaube, wir haben einen Schaukelstuhl, den er gefertigt hat. Wir haben ihn für ein paar Rinder in Zahlung genommen, die wir ihm verkauft haben. Tante Eileen liebt ihn."

„Warum schnitzt ein Tischler eine Babyrassel?"

„Für sein Kind."

Allisons Augen kreisten. „Oh, nein."

„Nein. Nichts dergleichen." Ethan wusste, wohin ihre Gedanken gewandert waren. „Hier in der Gegend heiraten die Leute und kaum haben sie die Kirche verlassen, fangen Familie und Freunde bereits an, nach Babys zu fragen. Die Bradys tendieren alle zu großen Familien –"

„Wie die Farradays?" In ihrem Ton lag ein Hauch von Humor.

„Jawohl." Er lächelte. „Wie die Farradays. Ich glaube, sie hatten damit gerechnet, dass eines nach dem anderen kommen wird, aber es stellte sich heraus, dass seine Frau ein Herzleiden hatte, von dem niemand wusste. Eines Morgens wachte sie einfach nicht auf."

„Oh, nein." Sie legte ihre Hand an ihre Brust und lehnte sich zurück. „Wie traurig."

„Ich vermute, dass er die Rassel gemacht haben könnte. Er ließ die Schwestern einige andere Stücke verkaufen, die er für ihr gemeinsames Zuhause gemacht hatte."

„Nun, das würde sicherlich erklären, warum er wollte, dass ein besonderes Baby es bekommt."

„Haben die Schwestern das gesagt?"

Allison nickte. „Ich möchte, dass sie es bekommt. Klingt, als wäre es mit viel Liebe gemacht worden. So etwas verdient sie."

Ethan musste kein Genie sein, der mit sechzehn aufs College ging, um zwischen den Zeilen zu lesen, was sie nicht gesagt hatte. Die Rassel wurde im Gegensatz zu Brittany aus Liebe gemacht. Nun, er mochte Fancy vielleicht nicht geliebt haben, aber er hatte bereits mehr als genug Liebe für sein kleines Mädchen in sich und nichts auf der Welt könnte wichtiger sein als das.

Das Summen von Allisons Handy durchbrach die Stille im Raum. Sie legte die Rassel ab, griff in eine Außentasche ihrer Handtasche und wischte über den Bildschirm. Ihre Brauen zogen sich zu einem wirren V zusammen.

„Stimmt etwas nicht?", fragte Ethan.

„Nein, es ist nur seltsam. Ich kenne die Nummer nicht."

„Was steht in der Nachricht?"

„Nichts Wichtiges. Wahrscheinlich eine falsche Nummer."

Was zum Teufel? *Ich habe einen schrecklichen Fehler gemacht.* Allison starrte auf ihr Telefon. Nichts weiter. In ihrer Magengrube bildete sich ein Knoten. Eine Möglichkeit kam ihr in den Sinn. Fancy. Und Allison gefiel überhaupt nicht, was das bedeuten könnte. Sie tippte auf den Bildschirm – *Wer ist das?* – und wartete. Nichts. Vielleicht war es eine falsche Nummer. Vielleicht war es nicht Fancy. Vielleicht hatte sie nichts zu befürchten. Und vielleicht war das Leben ein Bett aus Rosen. „Hm. Wer auch immer es ist, wird wahrscheinlich seinen Fehler herausfinden."

„Es gibt immer wieder falsch zugestellte Nachrichten. Wäre nichts Neues." Ethan zuckte mit den Schultern.

Brittany bewegte sich und Ethan senkte sein Kinn, um sie anzusehen. Sie wackelte erneut und Allison bemerkte, dass sowohl sie als auch Ethan so auf Brittany fixiert waren, als würde sie golden strahlen. Zwei Arme streckten sich aus und blinzelnde Augen öffneten sich.

„Sie ist ein liebes Baby."

„Das sagen alle ständig. Ich habe nichts, womit ich sie vergleichen könnte. Sie ist die erste Farraday ihrer Generation." Ethan stellte den Liegesessel ganz aufrecht und drehte Brittany so, dass sie auf seinen Armen und nicht mehr auf seiner Brust ruhte. „Hallo Bree."

„Bree?"

„Finn hat damit angefangen und hin und wieder nenne ich sie auch so."

„Einsilbige Worte sind einfacher für Babys." Allison rutschte nach vorne und wartete, was Ethan als nächstes tun würde.

Sein Blick wanderte von Brittany zu ihr. „Ihre Windel wird gewechselt werden müssen. Willst du die Ehre haben?"

Er musste nicht zweimal fragen. Allison sprang von ihrem Sitz auf. Vor Ethan streckte sie ihrer Nichte die Hände entgegen und wurde mit einem breiten Grinsen belohnt. Und ihr eigenes Lächeln erblühte aus einem glücklichen Herzen.

„Alles, was du brauchst, ist neben dem portablen Babybettchen." Er deutete auf die Anordnung auf der anderen Seite.

Schnell wechselte Allison die Windel, wobei sie

sich immer wieder vorbeugte, um Brittanys Bauch zu kitzeln.

Als sie sich mit Brittany an ihrer Hüfte aufrichtete, lächelte Ethan sie an. „Du bist geübt.“

„Ja, das könnte man sagen.“ Obwohl er sie und das Baby beobachtete, bemerkte Allison, dass er wieder mit dem Daumen über die Finger an seiner verletzten Hand fuhr. „Stimmt etwas nicht?“

Er warf einen Blick auf seine Hand, als würde er gerade erst bemerken, was er getan hatte. „Oh, nein. Es fühlt sich einfach komisch an, dass sie nicht mehr vollständig verbunden ist.“

Ohne ein Wort zu sagen, legte sie Brittany ins Bettchen zurück und zog Ethans Hand zu sich. Sie strich mit den Fingern über den Rand seiner Handfläche, betrachtete die Hand von der Spitze bis zum Ansatz, drückte ihren Daumen hier und da und prüfte den Blutfluss. Die Narbe verlief über seine Handfläche entlang. Sie kniff in eine Fingerkuppe. „Du hattest ziemlich viele Stiche. Ziemlich tiefe Wunde. Ich bin erstaunt, dass du dich so gut auf den Krücken fortbewegen kannst.“

Ethan zuckte mit den Schultern. „Bis zu jenem Tag im Park war ich gezwungen, einen Rollstuhl zu benutzen. Das hasste ich.“

„Das glaube ich gerne.“

„Meine Bewegung auf ein Minimum zu beschränken und die fixierende Bandage haben geholfen.“

Allison nickte, kniff in einen weiteren Finger und blickte zu ihm auf, dann wieder zurück. Sie wiederholte es von Finger zu Finger. „Mach bitte eine Faust für mich.“

Er tat, was ihm gesagt wurde. Das ganze Leuchten war aus seinen Augen gewichen. Ethan der Marine stand jetzt vor ihr.

„Machst du irgendeine Art Therapie dafür?" Sie schloss ihre Hand um seine und beobachtete sein Gesicht.

„Ich habe ein paar Übungen gemacht, die mir der Arzt gezeigt hat."

Sie nickte ihm zu. „Wie ist das Gefühl?"

Für einen Moment blitzte etwas wie Überraschung oder vielleicht Angst in seinen Augen auf und verschwand dann hinter der reservierten Marine-Fassade. „Gut." Er griff nach seinen Krücken und atmete schwer aus, dann stand er auf und ging zu Brittany und sein glückliches Vaterlächeln war wieder da. „Es ist fast Abendessenszeit. Wir sollten wahrscheinlich nachsehen, was in der Küche vor sich geht. Würde es dir etwas ausmachen, Brittany für mich zu tragen?"

„Ganz und gar nicht." Ethan hatte keine Ahnung, wie viel Glück er hatte, mit einem Baby, mit einem so angenehmen Wesen gesegnet zu sein. Brittany hatte wahrscheinlich keine Koliken oder andere schwierige Phasen durchmachen müssen. Das Kind in ihre Arme gekuschelt, beobachtete sie, wie Ethan sich durch den Raum schwang. Der Mann hatte einen verdammt guten Körperbau. Und wenn sie sich nicht täuschte, ein Geheimnis. Wenn sie heute Abend zu ihrem Laptop zurückkehrte, würde sie ihrer To-Do-Liste etwas Neues hinzufügen müssen.

Ethan ging in die Küche, Allison und Brittany hinter sich. Eileen war sich nicht sicher, was zum Teufel in dem anderen Raum vor sich gegangen war, aber von ihrem begrenzten Blickwinkel aus würde sie sagen, dass jetzt jederzeit die ersten Funken fliegen würden.

Und so wie sie es sah, eher früher als später.

„In Ordnung. Jeder schnappt sich ein Gericht und geht ins Esszimmer." Sie wandte sich an Allison. „Nicht du, Liebes. Du hast wertvolle Fracht. Neben Ethans Stuhl ist eine Wiege. Wenn du willst, kannst du sie dort hineinlegen."

„Wenn es dir nichts ausmacht, würde ich sie gerne noch ein wenig länger halten."

„Ganz und gar nicht." Eileen tätschelte ihren Arm.

Von der Hintertür aus ging Finn direkt auf Allison und das Baby zu. Eileen schnappte sich die Schüssel mit Kartoffelpüree und bevor Finn auf einen Meter herankommen konnte, schob sie sie ihm bereits zu. „Stell das bitte auf den Tisch."

Er lächelte seine Nichte an und nickte seiner Tante zu. „Ja, Ma'am."

„Ethan." Eileen sah zu ihrem Neffen, der neben seiner Tochter stand. „Lass Allison deinen Platz neben der Schaukel haben. Du kannst dich rechts von ihr setzen."

Für den Bruchteil einer Sekunde dachte Eileen, ihr Neffe würde widersprechen. Doch stattdessen nickte er, ebenso wie sein jüngerer Bruder. „Ja, Ma'am."

Ihre ganze Familie versammelte sich um den Tisch, die Jungs zogen die Stühle für die Frauen heraus und überall erstrahlten glückliche Gesichter. Das Essen ging hin und her und auf seinen Krücken balancierend half Ethan Allison. Das alles brachte sie zum Lächeln. An manchen Tagen lief alles einfach wie geschmiert.

KAPITEL FÜNFZEHN

Ethan hielt das eiskalte Wasserglas mit seiner noch heilenden Hand und zwang seine drei mittleren Finger, die Kälte zu fühlen, um sich abzulenken. Allison hatte nichts gesagt, aber er war sich sicher, dass sie es wusste. Bei jeder Berührung ignorierte er die Elektrizität, die seinen Arm hinaufschoss. Sie war die Tante seiner Tochter. Die Schwester der Frau, die seinem Baby das Leben geschenkt hatte. Er sollte sich nicht zu ihr hingezogen fühlen.

Nur ihre gezielten Fragen nach seiner Hand hatten die Gefühle erstickt, die in ihm herumschwirrten, so wie ein Eimer mit eiskaltem Wasser. Der Handspezialist hatte gute Arbeit geleistet. Er konnte all seine Finger benutzen. Sogar in seinen ersten Tagen im Krankenhaus, in seiner medikamentenbedingten Vernebelung, hatte er die Besorgnis in den Augen des Mannes gesehen, als er die genähte Hand untersuchte. Erst als Ethan einen Finger nach dem anderen bewegte, wurde sie von Erleichterung abgelöst.

Bei jedem Verbandswechsel seit Ethans Ankunft zu Hause hatte Brooks seine Freude an Ethans Geschicklichkeit gezeigt. Erst als Brooks ihm die Risiken einer Nervenschädigung bei dieser Art von Wunde erklärte, verstand Ethan die ursprüngliche Besorgnis in den Augen seines Arztes. Jetzt war er erneut besorgt. Er fühlte eine Taubheit in seinen

Fingerspitzen, die sich nicht auflösen wollte.

„Das war köstlich." Allison deutete mit ihrer Gabel auf den grünen Bohnenauflauf, bevor sie sie neben das Messer auf ihrem leeren Teller legte. „Wirklich erstaunlich. Ich mag normalerweise keine grünen Bohnen."

„Danke." Tante Eileen strahlte. „Aber das war eine Gruppenleistung."

„Das würde ich auch sagen", stimmte Meg zu. „Normalerweise darf ich nicht in der Küche helfen. Das hat natürlich damit zu tun, dass ich nicht die beste Köchin bin."

„Nein", Toni schüttelte den Kopf, „ich darf normalerweise auch nicht helfen."

„Und sie kann kochen." Brooks winkte seiner Frau, dann beugte er sich vor und küsste sie auf die Nasenspitze, was sie zum Lächeln brachte.

„Das zeigt nur", Finn sah zu seiner Tante, „dass es eine ganze Familie braucht, um das zu tun, was du jeden Sonntag machst. Aber", er hob seinen Zeigefinger, „wenn der Ladys-Club das nächste Mal einen Urlaub plant, hast du keine Entschuldigung mehr, abzusagen. Es mag zwar einer Armee von Farradays bedürfen, aber wir werden nicht verhungern."

Tante Eileen winkte die Bemerkung ab, und Ethan bemerkte, dass sein Vater seine Tante ansah. Doch nicht mit der üblichen Wertschätzung, die er der Frau entgegenbrachte, die hierhergekommen war und seine Familie gerettet hatte, sondern intensiver, als würde er nach den ersten Teilen eines tausendteiligen Puzzles suchen.

Entweder nicht bemerkend oder vielleicht einfach ignorierend, wie ihr Schwager sie musterte, stieß Tante Eileen sich vom Tisch weg. „Wenn wir den Nachtisch wollen, den Toni mitgebracht hat, räumen wir besser den Tisch ab."

„Welcher Nachtisch ist das denn?“ Adam stand auf und nahm seinen Teller und die Schüssel mit Kartoffelpüree.

„Deutscher Schokoladenkuchen.“ Toni lächelte.

„Oh“, stöhnte Meg. „Ich kann schon spüren, wie sich meine Taille ausdehnt.“

Tante Eileen griff nach dem Brotkorb, doch D.J. stand auf. „Das übernehme ich. Die Köchin sollte nicht aufräumen müssen.“

„Ich nehme deinen.“ Allison stand auf und griff nach Ethans Teller.

„Nein, nein.“ Tante Eileen schüttelte den Kopf. „Gäste räumen auch nicht ab.“

D.J., der neben ihr gesessen hatte, lächelte und nahm ihr die Schüssel aus der Hand. „Tante Eileen hat recht. Hausordnung.“

„Also“, Tante Eileen beugte sich vor, „weißt du schon, wie lange du bleiben wirst?“

Allison warf einen kurzen Blick auf das Baby, das jetzt in den Armen ihres Vaters lag. „Nein, noch nicht.“

„Nun.“ Tante Eileen faltete fast betend die Hände und lächelte. „Wenn das Ziel darin besteht, Zeit mit deiner Nichte zu verbringen, dann denke ich, dass du zu uns kommen und bei uns bleiben solltest.“

Allisons Augen weiteten sich und Ethan war sich ziemlich sicher, dass er ebenso reagiert hätte. Nur D.J. und Becky waren nah genug, um es gehört zu haben, und selbst sie wirkten, als hätten sie sich verhört.

„Oh, das ist sehr großzügig von dir, aber ...“

„Daran ist überhaupt nichts Großzügiges. Wir haben viel Platz und bei dieser Brut ist ein weiteres hungriges Maul zu stopfen nichts.“

„Nun, danke, aber ...“

„Außerdem, wenn wir dich in das Zimmer gegenüber von Ethan bringen, können wir Brittany mit ihrem Vater nach unten bringen.“

„Oh, ja, aber …“

„Ethan kann mit diesen Krücken immer noch keine nächtlichen Fütteraktionen durchführen.“

„Nein, das sehe ich.“

Tante Eileen stand auf. „Ehrlich gesagt, ich könnte wieder mal eine Mütze Schlaf gebrauchen, und es würde dir doch sicher nichts ausmachen, dabei zu helfen, oder?“

„Ähm, wenn ich hier wäre, natürlich nicht, aber …“

„Gut, dann ist das geklärt.“ Mit einem Nicken trat Tante Eileen vom Tisch weg und rief in die Küche. „Sean, du oder einer der Jungs muss den Kinderwagen nach unten bringen.“

Ethan schaffte es, den Mund zu schließen. Allison hingegen starrte ihn mit offenem Mund an, ihre Einwände blieben unausgesprochen und vergeblich.

Hurrikan Eileen hatte zugeschlagen.

Der Raum gegenüber von Ethans Schlafzimmer war kaum groß genug für das Doppelbett mit zwei kleinen Nachttischen auf beiden Seiten. Wenn sie noch mehr Nachtisch gegessen hätte, müsste Allison seitwärts gehen, um ins Bett zu klettern.

Zwischen Abendessen und Nachtisch hatten sich der Farraday-Patriarch und seine Schwägerin mit gesenkter Stimme in der Küche ausgetauscht, aber ob es um Allisons Bleiben oder das Wetter ging, wusste sie nicht. Der Schokoladenkuchen wurde serviert, die Unterhaltung um sie herum fortgesetzt, und Allison konnte nicht verstehen, wie sie sich so leicht in eine Situation verstricken konnte, die nicht gut enden konnte. Um nichts in der Welt würde sie daraus einen höflichen Ausweg finden können.

Während alle den Tisch abräumten und verschiedene Aufgaben erledigten, hatte Tante Eileen Allison das zusätzliche Zimmer gezeigt und sie im Flur warten lassen, um saubere Handtücher zu holen.

„Du musst das nicht machen." Ethan war hinter ihr aufgetaucht.

Immer noch fassungslos über die Wendung der Ereignisse, fehlten Allison die Worte.

„Bist du okay? Ich habe gerade gehört, was passiert ist?" Meg drängte sich an Ethan vorbei und kam auf Allison zu. „Sie hat mir dasselbe angetan, als ich ankam. Es hat wirklich keinen Sinn, dagegen anzukämpfen. Diese Frau ist die Verkörperung einer Naturgewalt."

„Hey Mann." Finn blieb neben seinem Bruder in der Tür stehen und klopfte ihm sanft auf die Schulter. „Tut mir leid, ich dachte, wir hätten es ihr ausgeredet.

Ethan sah Allison an. Die Entscheidung lag bei ihr. Sie war sich nicht sicher, woher sie wusste, dass seine Augen das sagten, aber sie war sich der Botschaft bewusst. „Ich weiß nicht, was ich sagen soll."

„Das ist dieser verdammte Hund." Finn schüttelte den Kopf.

„Unser Hund?", fragte Meg.

Ethan runzelte verwirrt die Stirn. „Wann habt ihr euch einen Hund geholt?"

„Sie meint nicht ihren Hund", mischte sich Finn ein, „sie meint den Hund, der aufgetaucht ist –"

„Und wieder verschwunden ist", fügte Meg hinzu.

„Und wieder verschwunden ist", stimmte Finn zu, „bei ihr und Adam, Brooks und Toni, Connor und Catherine, D.J. und Becky –"

„Ich glaube, ich sehe hier ein Muster", murmelte Allison.

Ethan rieb sich mit zwei Fingern die Schläfe.

„Ja", Finn nickte seinem Bruder zu. „Ich weiß."

Meg zeigte von Ethan zu Allison. „Ich verstehe nicht, was unser Hund mit euch zu tun hat."

„Wir wurden einander damals von einem Hund vorgestellt", sagte Allison beinahe flüsternd.

„In Kalifornien", fügte Ethan hinzu.

Meg hob ihre Hände an ihre Taille. „Na dann, das kann nicht unser Hund sein."

D.J. erschien hinter Ethan und Finn. „Veranstaltet ihr eine Party und ladet den Rest der Familie nicht ein?"

„Wir reden über den Hund", sagte Meg. „*Den* Hund."

„In Kalifornien", betonte Ethan vorsichtig.

„Und Tuckers Bluff", fügte D.J. hinzu.

Meg und Finn drehten sich überrascht zu D.J. und D.J. spreizte die Arme mit den Handflächen nach oben weit auseinander. „Hey, es ist nicht meine Schuld, dass Amor beschlossen hat, im Café aufzutauchen, während ihr beide an getrennten Tischen zu Mittag aßt."

„Dieser Hund?" Ein weiteres Puzzleteil fügte sich für Allison zusammen. „Der uns vom Bordstein aus beobachtet hat?"

D.J. nickte, Finn lächelte, Meg schüttelte den Kopf und Ethan seufzte.

„Wenn nicht das", Allison sah zu Ethan, „dann wird sie einen anderen Grund finden, nicht wahr?"

Alle vier Farraday-Köpfe nickten.

„Nun", sie schob ihre Ärmel hoch und hob ihr Kinn, „wer von euch geht mit mir in die Stadt, um meine Sachen zu holen, wie es deine Tante vorgeschlagen hat?"

„Du bleibst?" Ethans Stimme überschlug sich beinahe vor Überraschung.

„So wie ich das sehe, gibt es nur einen Weg, deine Tante davon zu überzeugen, dass der Köter in San

Diego – oder auf dem Parkplatz – nicht Amor spielt. Wir müssen ihr das Gegenteil beweisen."

„Ich gehe besser", bot Finn an. „Humpelchen hier wird dir weder beim Gepäck noch beim Fahren eine große Hilfe sein."

Ethan warf seinem Bruder einen *sag-das-in-einem-Monat-nochmal-Blick* zu. Finn zuckte nur träge mit der Schulter und setzte als Antwort ein durchtriebenes Grinsen auf. Allison hatte das Gefühl, dass Finn, obwohl er der jüngste Sohn war, meistens das Sagen hatte. Sie hoffte auch, dass die Zustimmung zu diesem Plan sie letztendlich nicht verrückter machte als Tante Eileen.

Seine Tante war total verrückt. In den zwei Stunden, in denen Finn und Allison in die Stadt und zurück gefahren waren, hatten Ethan und sein Dad ihr Bestes getan, um Tante Eileen davon zu überzeugen, Brittany oben bei ihr zu behalten, aber sie wollte nichts davon wissen. Nicht einmal, als Ethan die Angst geteilt hatte, er könnte wegen einem seiner Alpträume aufwachen und Brittany wecken, oder Gott bewahre, verletzen, willigte seine Tante ein. Stattdessen hatte sie lediglich darauf hingewiesen, dass er seit seiner Ankunft auf der Ranch jede Nacht wie das sprichwörtliche Baby bis zum Morgen durchgeschlafen hatte. Jetzt sollte er jedes Mal, wenn Brittany auch nur das leiseste Piepsen von sich gab, die Hand ausstrecken und den Kinderwagen schaukeln.

Die Uhr auf seinem Nachttisch zeigte zweiundzwanzig Uhr dreißig. Er und seine Tochter waren ungefähr zur gleichen Zeit ins Bett gegangen, und Ethan glaubte nicht, dass er auch nur halbwegs geschlafen hatte, während er darauf wartete, dass sie aufwachte. Weitere fünfzehn Minuten vergingen und ein weiteres Piepsen und ein weiteres Rock-a-bye-Baby. Erneute fünfzehn Minuten und eine weitere Wiederholung. Um drei Uhr fünfzehn war Brittany schließlich hellwach und sehr lautstark.

„Aber, aber, Süße." Er drehte sich um und setzte sich auf die Bettkante. Seine Hand auf ihrem Bauch schien sie etwas zu beruhigen.

„Ich hole die Flasche."

Als er sich der Stimme zuwandte, war Allison verschwunden. Er nutzte den Nachttisch als Angelpunkt, hob sich auf die Füße und spähte, auf einem Bein balancierend, in den Buggy. „Ich wette, du bist überrascht, mich zu sehen, nicht wahr?"

Anstelle des üblichen strahlenden Grinsens schenkte Brittany ihrem Vater einen neugierigen Blick.

Zumindest war das Windelwechseln ohne den massiven Verband weniger eine Herausforderung geworden. In der Lage, ihre Beine mit seiner sich erholenden Hand zu greifen, konnte er die Feinmotorik seiner guten Hand nutzen, um die alte Windel abzuziehen und die frische festzuhalten.

„Wie läuft es?" Allison erschien an seiner Seite.

„Alles trocken und bereit für ihren Snack." Ethan übergab Brittany an ihre Tante.

Trotz der späten Stunde lächelte Allison süß auf das Baby in ihrem Arm hinunter. „Denk nur daran, dass es, wenn du erwachsen bist, eine schreckliche Idee ist, mitten in der Nacht zu naschen."

Brittany hatte auch kein Lächeln für ihre Tante. Das arme Ding schien wegen dem Wechsel der Nachtschicht gründlich verwirrt zu sein. Wenigstens schrie sie nicht nach seiner Tante. Als Allison ihre Lippen mit der Spitze der Flasche neckte, verstand Brittany den neuen Plan und ihre Wangen saugten vor

Begeisterung, wobei ihre Augen nie Allisons Gesicht verließen.

Mit hin und her schwankenden Hüften richtete Allison ihre Aufmerksamkeit von dem Baby auf Ethan, bevor sie sich im Raum umsah.

„Warum setzt du –" Solange er zurückdenken konnte, stand in diesem Raum immer ein Stuhl in der Ecke. Mehr als einmal hatte er seine Klamotten auf den karierten Sessel geworfen. Jetzt war er weg. Seine Tante. Er unterdrückte einen Seufzer. „Da ist ein Schaukelstuhl im Wohnzimmer, wenn du dich zu ihr setzen willst."

Allison schüttelte den Kopf, aber nach einer weiteren Minute oder so blickte sie hinunter auf sein Bett. „Macht es dir etwas aus?"

„Nein natürlich nicht."

Sie trat zur Seite und setzte sich mit dem Rücken zu ihm auf den äußersten Rand. Sie schwankte weiter auf der Stelle und im Handumdrehen war die Flasche leer und Allison war wieder auf den Beinen und ging mit Brittany auf und ab. „Sie ist eine wirklich gute Esserin."

Er nickte und seine Tochter stieß einen Rülpser aus, um ihre Zustimmung kundzutun. Ein paar weitere beruhigende Bewegungen und das Baby schlief wieder tief und fest. Er beobachtete weiter, wie Allison auf die andere Seite des Buggys ging und seine Tochter sanft auf die Matratze legte.

Allison richtete sich auf. „Das lief gut."

Ethan nickte. Besser als er erwartet hatte. „Wir sollten vor der Sechs-Uhr-Fütterung etwas schlafen."

„Nacht."

„Gute Nacht." Ethan sah sich seine Tochter kurz an, bevor er unter die Decke glitt. Morgen würde er ein langes Gespräch mit seiner Tante führen.

KAPITEL SECHZEHN

Ein weiterer Pokerchip landete im Pot. Eileen war so aufgeregt über die Wendung der Ereignisse, dass sie zu einem Wochenendspiel im Café eingeladen hatte.

„Ich kann nicht glauben, dass du es geschafft hast." Ruth Ann zeigte ihre Hand. „Zwei Paare, Damen und Zehnen."

„Es war tatsächlich viel einfacher, als ich gedacht hatte." Eileen warf Sally May ihre Karten zu. „Es hat sich herausgestellt, dass Meg viel besser darin ist, Kartoffelbrei zu machen, als sie zugibt. Adam und Brooks würden einen Raum, in dem ihre Frauen sind, nicht freiwillig verlassen und so waren Allison und Ethan ganz allein im Wohnzimmer."

Sally May mischte die Karten. „Und niemand hat etwas gesagt, als du den Lagerraum aufgeräumt hast?"

„Nein. Das war ein brillanter Vorschlag." Eileen hob die Karten ab. „Glücklicherweise stand das alte volle Bett bereits an der Wand, sodass ich keine Hilfe brauchte, um ein Bett von oben herunterzuschleppen. Es dauerte nur ein paar Stunden, nachdem die Männer zu Bett gegangen waren, um die Hälfte der Kisten auf den Dachboden zu bringen und Sachen wegzuwerfen, die wir nicht mehr wirklich brauchten. Dann morgens noch eine weitere Stunde, um zu putzen und aufzuräumen. Niemand hat es bemerkt. Die Überraschung, dass das Zimmer für Gäste fertig war,

war mir gelungen."

„Überraschung ist ein Wort dafür," sagte Dorothy.

Sally May teilte die nächste Runde aus. „Ich wette Überfall trifft es eher."

Eileen musste mit ihren langjährigen Freundinnen lachen. Sie kannten sie zu gut. Es war *eher* wie ein militärisches Manöver gewesen. „Allison im selben Haus zu haben, war eine Sache, aber beide gegenüber im selben Stockwerk sollte Wunder wirken. Heute Morgen habe ich so getan, als würde ich ausschlafen, aber ich habe mich für eine Minute zur Küche geschlichen, um die morgendliche Fütterung zu belauschen."

„Und?", fragte Dorothy.

„Einfach gesprochen. Gib mir das, gib mir das. Willst du sie dieses Mal füttern? Die Teamarbeit hat begonnen. Es war so, als hätten sie schon länger als eine Nacht zusammengearbeitet."

„Ich nehme an", Ruth Ann streckte ihre Hand aus und wartete auf die nächste Karte, „dass ich vielleicht zu skeptisch war. Aber ich konnte wirklich nicht sehen, dass Sean einverstanden sein würde, die beiden zu verkuppeln."

„Warum nicht?" Eileen nahm ihre letzte Karte. „Es ist im Interesse aller, dass Ethan und Allison sich mögen und sich nicht um Brittany streiten. Selbst wenn Allison keine rechtliche Grundlage hat, würden sie und Ethan als Gegenspieler nicht gut für das Baby sein."

„Hat sie gesagt, dass sie Brittany will?", fragte Dorothy.

„Nein. Aber warum sollte sie sonst hier sein?"

„Stimmt." Dorothy fächerte ihre Karten auf.

„Und genau deshalb musste Sean mir letzte Nacht in der Küche endlich zustimmen." Eileen lächelte über ihre Karten. Drei Königinnen. „Manchmal erfordern schwierige Situationen extreme Maßnahmen."

„Okay." Ruth Ann zog zwei Karten aus ihrer Hand und legte sie verdeckt neben sich. „Also hast du die ahnungslose Frau in dein Versteck gelockt. Du hast beide Ziele auf engstem Raum gebracht. Was steht als nächstes auf dem Plan, Superhirn?"

„Einfach." Eileen warf zwei Chips in den Pot und lächelte ihre Freundinnen an. „Ich glaube, ich spüre, dass ich eine schlimme Grippe bekomme."

„Ja Mark, ich verstehe." Mit dem Telefon in der Hand ging Allison auf der hinteren Veranda der Farradays auf und ab, während sie mit ihrem Chef sprach. „Ich weiß nicht, wie lange ich noch hier sein werde." Was sie hier in Texas zu finden gehofft hatte, war ein erschöpfter alleinstehender Mann, der unbedingt wieder an seinen Arbeitsplatz zurückkehren wollte und glücklich darüber war, ihr das Baby zu übergeben.

„Alles klar." Mars seufzte. „Ich weiß, dass du die Richtung, in die deine Karriere läuft, in Frage gestellt hast, aber darum geht es hier nicht. Willst du mir sagen, was wirklich vor sich geht?"

„Es ist kompliziert."

„Nur wenn du es dazu machst. Als du wie ein Racheengel hier rausgeflogen bist, war dir nur wichtig, dass deine Nichte gut versorgt ist."

„Ich weiß. Und das stimmt immer noch." Sie hatte es nicht gewagt, ihrem Chef zu sagen, dass sie vorhatte, alleinerziehende Tante zu werden, und mit ihm über die damit verbundenen Probleme und ihren Job als Chirurgin in einem hektischen Großstadtkrankenhaus zu diskutieren.

„Ist sie gut versorgt?"

„Ja."

„Fehlt es ihr an irgendetwas?"

Allison seufzte. „Nein."

„Aber du bist noch dort?"

„Ja es ist –"

„Kompliziert. Ja, das habe ich verstanden. Ich muss dir nicht sagen, wie lange und hart du gearbeitet hast, um eine der angesehensten Ärztinnen im Bundesstaat Kalifornien zu werden."

„Nur Kalifornien?" Sie lächelte.

„Was ich sagen will, Dr. Monroe, ich werde dem Vorstand sagen, was immer du willst, aber stell sicher, dass du weißt, was du wirklich willst, und wirf nicht alles weg, wofür du gearbeitet hast, weil du Schuldgefühle wegen deiner Schwester hast."

„Danke, Dr. Freud."

Mark kicherte und seine Stimme wurde eine Oktave tiefer. „Wir machen uns alle Sorgen um dich." Er machte eine Pause. „Ich mache mir Sorgen um dich."

Allison blieb stehen und blickte auf das weite Land, das unter dem klaren blauen Himmel lag. „Ich werde dich wissen lassen, wann ich nach Hause komme."

„In Ordnung. Und Allison …"

„Ja?"

„Sei vorsichtig." Der Anruf wurde unterbrochen, bevor sie antworten konnte. Woher wusste er immer, wenn sie überfordert war? Sollten Frauen nicht diejenige mit unglaublicher Intuition sein?

Die Fliegengittertür quietschte und Ethan trat auf die Veranda. „Fräulein Brittany schläft wieder einmal tief und fest. Ich würde dir etwas Kühles zu trinken anbieten, aber…" Er stützte sich auf die Krücken und bewegte seine Hände, um auf seine metallenen Anhängsel zu zeigen.

„Du wirst ihrer ziemlich müde, nicht wahr?" Sie

steckte ihr Handy in ihre Tasche und lehnte sich zurück gegen das Geländer.

„Oh ja. Ich hatte dieses Bein satt, seit die Medikamente nachließen." Er ging über die Veranda, stellte die Krücken beiseite und setzte sich ein paar Schritte neben ihr auf das Geländer. „Ohne Brittany wäre ich so hibbelig wie ein eingesperrter Löwe."

„Sie kann dich unmöglich so beschäftigen."

„Eher unterhalten." Seine Aufmerksamkeit wanderte zu dem großen Küchenfenster und sein Gesichtsausdruck verfinsterte sich.

„Was macht dir solche Sorgen?", fragte sie.

Er drehte sich zu ihr um. „Wer sagt, dass ich mir Sorgen mache?"

„Okay, du machst dir keine Sorgen." Sie verschränkte die Arme. „Ein Penny für deine Gedanken?"

Als er nach unten schaute, strich sein Daumen über seinen Mittelfinger. „Weißt du, dass ein Pilot kein Gefühl in den Mittelfingern haben muss, um einen Helikopter zu bedienen?"

„Nur allgemeine Mobilität und Motorik."

„Das ist richtig." Er sah sie überrascht an.

Ein Lächeln umspielte ihre Lippen. „Ich habe es nachgeschlagen."

Nickend blickte er noch ein paar Sekunden lang auf seine Hand, dann hob er seine Augen, um in ihre zu sehen. „Hast du auch nachgeschlagen, dass Taubheitsgefühle oder Nervenschäden an den Fingern einen Piloten beim Militär untauglich machen?"

Neulich abends, als sie seine Hand untersucht hatte, hatte sie so etwas vermutet. „Ja."

„Wenn wir als Kinder etwas nicht bekamen, was wir wollten, erinnerte uns Tante Eileen gerne daran, dass wir, wenn sich eine Tür schließt, nach einem offenen Fenster Ausschau halten sollten." Er drehte sich zum Küchenfenster um. „Im Moment ist das

Einzige, was mich davon abhält, den Verstand zu verlieren, dieses dreizehn Pfund schwere Bündel strahlenden Lächelns auf der anderen Seite dieser Wand."

Allison stieß sich vom Geländer ab und trat vor Ethan. „Lass mich die Hand sehen."

Für eine Sekunde dachte sie, er würde sich weigern. Dann streckte er seine Hand mit der Handfläche nach oben aus, damit sie sie untersuchen konnte. Sie drückte und klopfte, ähnlich wie sie es in der Nacht zuvor getan hatte. Sie holte ihr Telefon hervor, entfernte den eingebauten Stift, legte das Telefon zurück und begann, auf seine Hand zu tippen. „Fühlst du das?"

Er nickte.

Sie tippte weiter. „Was ist mit hier?"

„Ja."

Langsam arbeitete sie sich über verschiedene Teile seiner Hand vor, bis sich die Antwort in „Ich spüre Druck, aber nicht den Stift" änderte.

Als sie die Basis seiner Finger erreichte, war das Gefühl fast vollständig verschwunden.

„Nun. Was ist dein offizieller Bericht?"

Immer noch die Hand haltend, schüttelte sie den Kopf. „Es gibt viele Faktoren. Sobald die OP abgeschlossen ist, beginnt der Schaden in drei bis vier Wochen zu heilen."

„Die sind bereits um", sagte er leise.

„Ja. Aber", sie berührte das taube Fleisch, „dieser verletzte Bereich könnte bis zu einem Jahr brauchen, um vollständig zu heilen und das Gefühl wiederherzustellen."

„Ein Jahr", wiederholte er leise.

„Es gibt noch Hoffnung." Sie wünschte sich sehr, dass es mehr als nur Hoffnung gäbe. Der Schmerz, der sich in seinen Augen widerspiegelte, schoss durch sie hindurch wie ein Glassplitter. Die Intensität überraschte sie völlig. Aus Schock ließ sie seine Hand fallen, als wären sie ebenfalls Glasscherben. „Ich, äh, sollte nach Brittany sehen oder vielleicht sehen, was ich tun kann, um zu helfen, bevor deine Tante nach Hause kommt. Oder … irgendetwas."

„Ja", seine Kehle schnürte sich mit einem langen Schlucken zusammen. „Irgendetwas."

Aus irgendeinem Grund schienen ihre Füße im Boden verwurzelt zu sein. Sie hatte einen kleinen Schritt zurück gemacht, als er nach den Krücken griff. Als er sich in eine stehende Position gedrückt hatte, war er nur Zentimeter von ihr entfernt. Klare grüne Augen blitzten hell auf und verdunkelten sich dann sofort. Die Muskeln entlang seiner Kinnlinie verkrampften sich. Ihr Verstand schrie, sich zu bewegen, aber ihre Füße waren wie Zement einbetoniert. Das Bedürfnis, sich auf ihre Zehenspitzen zu strecken und die jetzt dünn zusammengepressten Lippen zu kosten, war so stark, dass sie kaum zu Atem kam. Sie spürte, wie sie auf ihren Fersen schaukelte und hörte das Klatschen einer Aluminiumkrücke auf dem Holzboden. In derselben Sekunde legte sich ein starker Arm um ihre Taille und feuchte Lippen bedeckten ihre.

Ihr gesunder Menschenverstand sagte ihr, sie sollte zurückweichen, doch der Druck seiner Hand auf ihrem Kreuz und die zärtliche Berührung seiner Lippen, die ihre sanft liebkosten, würden sie nie wieder davonlaufen lassen.

„Allison", ihr Name schwebte durch den warmen Atem, der ihren Mund streichelte. Ethans Hand löste sich langsam. Sein Gewicht verlagerte sich und fand sein Gleichgewicht ohne sie. „Das hätte ich nicht tun sollen."

Sie atmete tief ein, um sich zu stärken, und trat

einen Schritt zurück, wobei sie fast über sich selbst stolperte.

Starke Finger legten sich um ihren Arm. „Vorsichtig." Ethan sprach so leise, dass sie ihn kaum verstehen konnte.

„Ja."

„Es tut mir leid."

Sie nickte, drehte sich um und musste sich zwingen, langsame, bedachte Schritte zu machen, um den Impuls zu bekämpfen, hineinzurennen. Sie hatte es bis zu ihrem Zimmer geschafft, die Tür geschlossen und sich mit dem Rücken an die Wand gepresst, bevor sie die in ihren Lungen eingeschlossene Luft hinausblies. Was zum Teufel machte sie?

Ethan wünschte, er wäre nicht auf die Veranda gekommen. Dann hätte sich das Gefühl ihrer Haut unter seinen Fingern und ihre Wärme an seiner Haut nicht in sein Gedächtnis eingebrannt. Letzte Nacht, als sie seine Hand gehalten hatte, hatte er sich auf die medizinische Natur ihrer Fürsorge konzentrieren müssen. Er hatte dasselbe vor ein paar Minuten in Erwartung ihrer Berührung getan, doch als er aufgestanden war und ihr so nah, so unglaublich nah gewesen war, hatte es keine Zeit gehabt, sich mental vorzubereiten. Er hatte sich nicht zurückhalten können. In der einen Minute sammelte er noch all die Selbstbeherrschung, die er aufbringen konnte, und im nächsten Moment schloss er sie in seine Arme und nahm, was sie nicht anbot. Er hatte einen Fehler gemacht. Er hatte ein Auge auf sie werfen sollen, nicht seine Hände. Oder sein Mund. Aber verdammt, er wollte wieder zu ihr und sie in seine Arme schließen, und dieses Mal, ohne aufzuhören.

Geschah ihm recht, wenn er sich nicht um seine eigenen Angelegenheiten kümmerte. Bei offenem Küchenfenster hatte er das private Gespräch mithören können. Als ihr Telefon geklingelt hatte, war sie nach draußen gegangen und hatte den Anruf auf Lautsprecher gestellt, ohne zu wissen, dass Ethan jedes Wort verstehen konnte. Wenn er ein besserer Mann gewesen wäre, wäre er ins Wohnzimmer zurückgekehrt und hätte Allison die Privatsphäre gegeben, die sie verdiente, aber etwas Stärkeres als die anständige Art, mit der er aufgewachsen war, ließ ihn an jedem Wort hängen. Zuerst klang das Gespräch wie eine Unterhaltung zwischen Kollegen, und er hatte gelauscht, um zusätzliche Informationen über ihre Absichten zu erfahren. Dann nahm das Gespräch einen persönlichen Ton an, sodass Ethan sich fragte, wer am anderen Ende war. Ein Chef, ein Freund, ein Liebhaber? Nicht, dass es ihn etwas anging, aber er hatte auch eine Traurigkeit in ihrer Stimme bemerkt, die ihn wider besseres Wissen dazu veranlasste, ihr nach draußen zu folgen und sich viel zu nahe zu ihr stellen. Oder war die Frage, die wegen des mysteriösen Mannes am Telefon in seinem Hinterkopf nagte, der Grund gewesen, der Ethan veranlasst hatte, selbst herauszufinden, ob sie einem anderen Mann gehörte?

Egal was der Grund gewesen war, er hatte jetzt keine Ahnung, mit wem sie gesprochen hatte, aber so wie sie sich an ihn geschmiegt hatte, war der Typ am Telefon definitiv nicht ihr Liebhaber und Ethan hatte keine Ahnung, warum sie am Telefon so entmutigt geklungen hatte. Was er wusste, war, wie sie schmeckte und wie sie sich anfühlte, beides gefährliche Erkenntnisse.

Mit den Krücken unter den Armen wünschte er sich, er hätte zwei gesunde Beine, um einen Umweg über die Scheune einschlagen zu können. Jeder seiner Brüder hatte eine andere Leidenschaft. Seine waren Dinge, die sehr schnell und sehr hoch gingen. Aber wenn etwas an seinem Herzen oder seiner Seele nagte, waren es die Scheune, die harte Arbeit und die Pferde, die die Farradays beruhigten. Und gerade brauchte er dringend diese Ablenkung durch harte Arbeit.

Die Fliegengittertür schlug hinter ihm zu und er ging durch die Küche ins Wohnzimmer. Darauf achtend, Allison nicht anzusehen, ließ er sich in den Sessel fallen. Auf dem Zweiersofa ihm gegenüber tippte Allison mit gerunzelter Stirn auf ihrer Computertastatur. Brittany schlief friedlich in dem Bettchen neben ihm. Wenn er diesen Seelenfrieden nur in Flaschen abfüllen könnte. Gerade als er nach der Fernbedienung griff, ertönte das Klingeln einer Nachricht auf seinem Telefon. Allisons Blick hob sich von der Tastatur. Ihre Blicke trafen sich und ihre Wangen färbten sich in dieses vertraute Rosa.

Alles in seiner Welt war völlig verrückt geworden. Ein paar Wischbewegungen und eine Nachricht mit unbekannter Nummer erschien: *Ich habe meine Meinung geändert.*

Schüchternheit verbarg sich hinter Allisons besorgten Augen. „Du wirkst verwirrt."

„Ich habe gerade diese seltsame Nachricht bekommen. Wer auch immer es ist, hat seine Meinung über etwas geändert." Als er von seinem Telefon zu Allison sah, war alle Farbe aus ihrem Gesicht gewichen.

Sie warf den Computer praktisch beiseite, sprang von der Couch, rannte aus dem Zimmer und tauchte mit ihrem Handy in der Hand wieder auf. „Wie lautet die Nummer?"

„Vorwahl 251 –"

„941", ergänzte sie.

„Ja. 5555.“

„Oh Gott.“ Allison ließ sich auf den nächsten Stuhl sinken.

„Was habe ich verpasst?“, fragte er, zu müde, um selbst zu denken.

„Erinnerst du dich an meine seltsame Nachricht von neulich?“

Er musste eine Minute nachdenken. „Die falsche Nummer?“

Allison nickte. Zitternde Hände reichten ihm ihr Handy.

Ich habe einen schrecklichen Fehler gemacht, las er leise und hob dann seinen Blick, um in ihre Augen zu sehen. Er konnte den Gedanken, der ihm in den Sinn kam, nicht aussprechen.

Ihre Finger zitterten und sie holte tief Luft. „Mir kam der Gedanke, dass es Fancy sein könnte, aber als sie nicht antwortete, überzeugte ich mich, dass es wirklich ein Fehler war.“

„Wo zum Teufel ist die Vorwahl 251?“ Ethan wischte über seinen Bildschirm und gab die fraglichen Ziffern ein. „Alabama.“

„Alabama?“

Wenn sie Recht hatten und die Nummer Fancy gehörte, hatte er keine Ahnung, warum sie in Alabama war. Doch für ihn war nicht einmal die Antarktis weit genug entfernt. „Ich rufe besser D.J. an.“

Allison nickte, streckte die Hand aus und packte sein Handgelenk. „Wenn sie es ist …“

Er nickte.

„Wenn Fancy ihre Meinung geändert hat … Wir können ihr Brittany nicht überlassen … Die Dinge, die mir der Detektiv erzählt hat.“ Sie schüttelte den Kopf und holte tief Luft. „Ich möchte mir nicht vorstellen, welches Leben dieses süße Baby haben würde, wenn es mit wer weiß wem in einer heruntergekommenen

Wohnung zurückgelassen und vergessen werden würde."

Er nickte ihr zu. Auch wenn alle Beweise zeigten, dass Fancy in den ersten zwei Monaten ihres Lebens gute Arbeit mit Brittany geleistet hatte, und sie mit der Tatsache, sie zu ihm zu bringen, auch einen Hauch gesunden Menschenverstand gezeigt hatte, wollte er dennoch nicht an Allisons Albtraumszenario denken, geschweige denn, es laut zu wiederholen.

„Versprichst du es mir?" Sie drückte sein Handgelenk.

„Vertrau mir. Komme, was wolle, niemand nimmt meine Tochter mit. Und selbst wenn ich dabei sterbe, gibt es noch sechs weitere Farradays, die sicherstellen, dass dieses kleine Mädchen bleibt, wo es hingehört."

Allison atmete zitternd ein und Ethan hatte das Gefühl, dass er gerade ihre schlimmsten Befürchtungen bestätigt hatte. Weswegen sie den ganzen Weg nach Texas gereist war. Wenn Allison Brittany wollte, würden sie und auch ihre Schwester sich die Zähne ausbeißen.

KAPITEL SIEBZEHN

Der Polizeichef der Familie hatte wenig zu den Texten zu sagen, erklärte sich aber bereit, sie zu prüfen. Bis der Rest der Familie nach Hause kam, steckte Allison ihre Nase in ihren Laptop und Ethan spielte mit Brittany. Allison wollte unbedingt bei backe-backe-Kuchen und dieses-kleine-Schweinchen mitmachen, aber sie wagte es nicht, sich Ethan zu nähern, also tat sie, wie ein Feigling, nichts.

Ihre Erlösung kam mit der Ankunft der arbeitenden Farradays.

Finn eilte durch die Küche direkt zu Brittany. „Hey, süßes Ding. Onkel Finn ist zu Hause." Er hob sie in die Luft und hielt sie hoch über seinen Kopf, was sie zum Kichern brachte. Als nächstes zog er sie an sein Gesicht und blies in ihren Bauchnabel, worauf Brittany noch lauter lachte. Nach einigen Minuten nahm er sie in die Arme und sah sich im Raum um. „Ihr seht aber brav und häuslich aus. Auf gegenüberliegenden Seiten des Zimmers wie ein altes Ehepaar."

Die Aussage hätte sie zum Lachen bringen sollen. Es war ein Scherz. Im Spaß gesagt. Aber Panik überkam sie bei der lächerlichen Angst, dass Finn irgendwie wusste, dass sie sich geküsst hatten. War er in der Nähe des Hauses gewesen? Hatte er sie gesehen? War es ihr ins Gesicht geschrieben? Die streberhafte Doktorin wurde von dem gutaussehenden Cowboy geküsst? Oh Gott, sie war so kurz davor zu hyperventilieren.

Die Haustür öffnete sich und Tante Eileen kam herein. Auch sie ging direkt auf Brittany zu und riss das Baby praktisch aus den Armen ihres Onkels. „Junge, habe ich dich heute vermisst."

Allison wagte einen Blick in Ethans Richtung und bemerkte seine steife Haltung. Hatte die harmlose Bemerkung seines Bruders Ethan genauso berührt wie sie? Na und? Dann hatten sie sich also geküsst. Leute machten das die ganze Zeit. Sie musste sich wirklich zusammenreißen.

„Sean sollte in Kürze hier sein. Ich sollte besser das Abendessen aufwärmen und auf den Tisch stellen."

„Ich werde helfen." Allison sprang auf die Füße. Sie würde alles tun, um sie von dem Kuss und Ethan abzulenken.

„Klingt gut." Tante Eileen gab das Baby ihrem Vater zurück und wandte sich der Küche zu. „Hattest du einen guten Tag?"

„Ja, ähm, ja."

Tante Eileen holte ein riesiges, mit Folie bedecktes Tablett aus dem Kühlschrank. „Warum holst du dir nicht ein paar Beilagen für den Salat? Die Jungs lieben Fleisch und Kartoffeln, aber ich muss ihnen auch etwas Grünzeug vorsetzen."

„Sicher." Froh, etwas mit ihren Händen zu tun zu haben, holte sie Salat und ein paar Beilagen aus dem Gemüsefach und begann zu schneiden.

Tante Eileen schloss die Ofentür und fummelte an den Knöpfen herum. Als sie Allison ansah, zogen sich ihre Brauen zusammen. „Bist du sicher, dass du einen guten Tag hattest? Das Baby hat dir doch keine Probleme bereitet, oder?"

„Nein. Brittany ging es gut. Ich habe nur ..." Sie würde nicht sagen, dass sie von dem besten Kuss, den sie je bekommen hatte, aus der Fassung gebracht worden war. Nicht, dass sie so viele bekommen hätte, mit denen sie ihn vergleichen konnte. „Ich hatte ein paar Arbeitssachen zu erledigen. Heute habe ich mit dem Leiter meiner Abteilung gesprochen."

Tante Eileen öffnete den Brotkasten und holte zusammen mit einem großen Messer einen Laib ungeschnittenes Brot heraus. „Nichts Ernstes, hoffe ich?"

„Nein, nein. Aber du weißt, wie es ist."

„Wusstest du", Ethans Tante unterbrach das Schneiden dicker Scheiben und wedelte mit dem langen gezackten Messer in der Luft herum, „dass Brooks eine kleine Klinik eröffnet?"

„Wirklich?" Sie warf die Paprika in eine Schüssel und griff nach einer Tomate. „Ich hätte nicht gedacht, dass hier draußen so viel Bedarf besteht."

„Das nächste Krankenhaus ist neunzig Meilen entfernt und für ernste Verletzungen müssen die Leute den ganzen Weg nach Abilene oder Lubbock fahren."

„Ja. Ich konnte sehen warum."

„Einige Schwerverletzte wurden bis nach Dallas geflogen."

„Ja, nun. Das überrascht mich nicht." Sie schnitt weiter.

Tante Eileen strich Butter auf die zwei Zentimeter dicken Brotscheiben. „Wenn Leute, die näher bei Tuckers Bluff wohnen, anfangen, hierher zu kommen, anstatt den ganzen Weg nach Butler Springs zu fahren, wird Brooks die Last nicht allein bewältigen können."

Allison sah die Frau mit hochgezogener Augenbraue an.

„Natürlich ist es als Arzt auf dem Land nicht wie in einem Großstadtkrankenhaus."

„Nein", lächelte Allison. „Ich bin sicher, das ist es nicht." Aber zumindest ist es um Längen besser als ein Zelt im Dschungel. „Gibt es hier viele Leute, die sich keine medizinische Versorgung leisten können?"

Eileen spottete: „Nicht jeder in dieser Gegend hat eine Versicherung. Wir haben viele Leute, die vom Land leben, und die meisten haben große Familien. Die Tage, in denen Ärzte mit Hühnern und Eiern bezahlt wurden, sind zum Großteil vorbei, aber manchmal …" Sie ließ die Worte in der Luft hängen.

Allison hatte die Andeutung verstanden.

„Das riecht toll." Sean kam durch die Hintertür herein, hängte seinen Hut an einen Haken in der Nähe und ging direkt zum Waschbecken, um sich die Hände zu waschen. Allison fühlte sich wie eine Figur in einer alten Western-TV-Show. Alles, was noch fehlte, war eine Schürze und ein Hund.

Der Rest des Abends verlief mehr oder weniger genauso. Sie und Ethan vermieden es, sich auf weniger als drei Meter zu nähern, während die Familie lachte und plauderte und sich während des gesamten Abendessens neckte. Brittany war bis zur Schlafenszeit so ziemlich das Licht und der Mittelpunkt des Raumes.

Dreißig Minuten nach Beginn einer Wiederholung von Sean Farradays Lieblingssendung im Fernsehen stand Tante Eileen mit einer Tasse warmen Tee in der Hand da und gähnte. „Ich denke, ich werde heute früher schlussmachen. Ich fühle mich ein bisschen müde."

Sean nickte und Ethan zwinkerte ihr zu. Die schelmische Geste brachte seine Tante zum Lachen und Allison wiederum sah das erste aufrichtige Lächeln des Tages auf Ethans Gesicht. Sie dachte, dass jetzt der beste Zeitpunkt wäre, um zu fliehen, als Ethans Telefon klingelte und seine Lippen sich verengten.

„Ja." Ethan blickte Allison an und formte mit den Lippen „D.J.".

Sie schob sich zentimeterweise an den Rand des Sofas und konnte außer Ethans gelegentlichem Knurren nichts hören.

„In Ordnung. Ich werde mich bei meinem Anwalt erkundigen. Mal sehen, ob wir diesen verdammten Termin vor dem Richter nicht beschleunigen können. Und danke, Bruder." Ethan legte sein Handy beiseite.

„Nun, ist sie es?"

„Die Nummer ist ein Wegwerfhandy, das in einem Supermarkt in Mobile gekauft wurde. Ein Freund von D.J. hat jemanden gebeten, Francines Führerscheinfoto herumzuzeigen. Sie war es. Anscheinend ist sie nicht allein. Sie reist mit einem Mann. Sie haben ein paar Nächte in einem Motel verbracht und sind dann weitergezogen. Das ist alles, was er vorerst herausfinden konnte."

Sean Farraday hatte den Fernseher leiser gestellt, als Ethan zu sprechen begann. „Worum geht es?"

Ethan seufzte. „Sowohl Allison als auch ich haben kryptische Nachrichten von derselben Nummer erhalten. Das Einzige, was wir gemeinsam haben, ist ihre Schwester."

Ihre Schwester. Nicht Brittanys Mutter. Nicht einmal seine Ex, sondern ihre Schwester. Was sagte das darüber aus, wie sich diese ganze verrückte Situation entwickelte?

Ethans Vater schüttelte den Kopf. „Was auch immer mit dieser armen Frau los ist, D.J. wird sich darum kümmern, aber wir müssen die Dinge ein für alle Mal offiziell machen." Er schaltete den Fernseher aus. „Ich glaube, ich habe für eine Nacht genug von der Welt. Bleib nicht zu lange auf."

„Nein, Sir", antwortete Ethan.

„Gute Nacht." Sein Vater winkte den beiden zu und ging die Treppe hinauf.

„Er hat recht." Ethan stand auf. „Ich werde sehen, ob ich nicht auch schlafen kann."

Allison nickte und drehte sich um. Vielleicht hätten

sie nach etwas Schlaf einen neuen Blick auf die Situation.

Nur half es nichts. Stundenlang wälzte Allison sich hin und her. Wenn sie sich keine Sorgen wegen Fancy machte, wartete sie gespannt darauf, dass Brittany aufwachte und sie mit Ethan in seinem kleinen Zimmer arbeiten musste. Allerdings war es nicht so sehr die Größe des Zimmers, die ihr ein Problem bereitete, sondern die Größe des großen Bettes in der Mitte. Gestern hatte ihr das Bett nichts ausgemacht. Heute Nacht, nach diesem unerwarteten Kuss, schien das Bett in den Vordergrund zu rücken.

Laut der Uhr auf ihrem Nachttisch drang Brittanys Ruf nach dem Zimmerservice pünktlich um kurz nach drei durch den schmalen Flur in Allisons Zimmer. Sie warf die Decke zurück, holte tief Luft und wischte sich über die Augen. Sie hatte schon mit allem Möglichen zu tun gehabt, also würde sie sich von einem gutaussehenden Cowboy nicht unterkriegen lassen. Das war es zumindest, was sie sich Stunden eintrichterte. Obwohl sie in Pyjamahose und T-Shirt zu Bett gegangen war, nahm sie sich eine Minute Zeit, um ihren Bademantel anzuziehen. An Ethans Tür rief sie, ohne wirklich anzuhalten „Ich hole die Flasche“ und ging direkt in die Küche.

Als sie ins Zimmer zurückkam, befestigte Ethan gerade den letzten Klebestreifen an der Windel und hob Brittany in seine Arme. Der arme Kerl sah so müde aus, wie Allison sich fühlte. Und sie war vielleicht überempfindlich, aber sie war sich ziemlich sicher, dass er es vermied, ihr in die Augen zu sehen.

„Willst du, dass ich sie füttere, oder bist du dazu bereit?“

„Ich kann es tun.“ Mit seiner Tochter in der Armbeuge nahm er die Flasche entgegen.

Allison wartete einen Moment. „Wenn du fertig

bist, stell die Flasche auf den Nachttisch. Ich gehe wieder ins Bett. Ich schätze, wir sehen uns morgen früh."

Ethan hob seinen Blick, um in ihre Augen zu sehen, und warf ihr ein sehr müdes Lächeln zu. „Warum setzt du dich nicht eine Minute hin. Ich denke, wir sollten reden."

„Jetzt?" Sie hatten den ganzen Abend Zeit gehabt, um sich zu unterhalten, und er hatte kaum ein Wort zu ihr gesagt, nachdem er mit seinem Bruder gesprochen hatte.

„Jetzt ist vermutlich eines der wenigen Male, dass wir allein sind."

Damit hatte er recht. „Okay", sie setzte sich auf die Bettkante. „Was hast du auf dem Herzen?"

Das war etwas, was Allison nicht wissen wollte. Selbst wenn Ethan wüsste, dass das, was er dachte, ihre Wangen in einem hübschen Rosaton erröten ließ. „Was sind deine Absichten?"

„Meine Absichten?"

„Sobald der Richter die Freigabe des Sorgerechts unterschreibt, ist Brittanys Zukunft bei mir gesichert. Wenn Fancy tatsächlich ihre Meinung geändert hat und Brittany zurückhaben will, bevor der Richter unterschreibt, könnte das ein Chaos werden." Allison nickte und Ethan ging die Worte durch, die er stundenlang geprobt hatte. „Du hast vorhin gesagt, dass wir das nicht zulassen können."

„Habe ich."

„Weil du mir beistehen wirst oder weil du Brittany selbst willst?"

Allisons Augen öffneten sich weit und für eine

Sekunde dachte er, sie würde von der Bettkante rutschen. Ihre Augen wanderten zu Brittany, die an ihrer Flasche saugte. Dann drückte Allison ihre Augen zu, stieß einen leisen Seufzer aus und hob ihre Augenlider wieder, um ihn anzusehen. „Als ich zum ersten Mal von Brittany hörte, dachte ich, es müsste ein Fehler vorliegen. Dass es da draußen noch eine Francine Monroe Langdon gibt. Als ich überzeugt war, dass Brittany tatsächlich meine Nichte war, drehten sich meine Gedanken nur um sie. Ich wollte verdammt noch mal sicherstellen, dass sie eine bessere Kindheit hat als ich oder Francine, und ich würde verdammt noch mal nicht zulassen, dass sie wie ihre Mutter wird."

Er konnte verstehen, warum sie so empfand. Obwohl Fancy ein gutes Herz hatte, hatte sie viele schlechte Angewohnheiten. Die meisten hatte er nicht selbst gesehen, aber in ihrer kurzen Zeit zusammen hatte Fancy ihn beinahe als Therapeuten benutzt. Sie hatten tatsächlich mehr Zeit mit Reden oder in seinem Fall mit Zuhören verbracht als mit *anderen* Dingen.

„Ich wusste, dass deine Familie, von außen betrachtet, nette Leute sind. Aber du bist ein Mann. Was weißt du über die Erziehung eines kleinen Mädchens?"

Er hörte sich selbst kichern, und angesichts des verärgerten Aufflackerns in ihren Augen sprach er schnell. „Glaub nicht, dass ich mir dieselbe Frage nicht schon hundertmal gestellt habe."

„Siehst du." Ihre Schultern entspannten sich und sie rutschte weiter auf das Bett. „Ich habe mich selbst davon überzeugt, dass du, auch wenn du ein besserer Mann bist, als es eine Wochenendabenteuer vermuten lässt –"

„Autsch." Außerhalb von Tuckers Bluff schien eine Frau in jedem Hafen vollkommen normal zu sein, aber die Art und Weise, wie Allison das Wort *Abenteuer* ausspuckte, ließ ihn sich wie Abschaum fühlen.

Sie verdrehte die Augen. „Sei ehrlich, die Welt ist voll von viel mehr Vätern, die einfach weggegangen sind, als von Müttern.“

„Ich glaube nicht, dass jetzt die Zeit ist, darüber nachzudenken.“

„Nein.“ Ihr Blick blieb auf Brittany hängen und wurde weicher. „Aber du kannst mir keinen Vorwurf machen, zu denken, dass ein draufgängerischer Top-Gun-Verschnitt –“

„Das sind Kampfpiloten.“

„Und du kämpfst nicht?“ Sie richtete ihre Wirbelsäule auf. „Ich nehme an, du hast dir den Knöchel beim Bowling gebrochen.“

Dies war nicht der Zeitpunkt, um über Semantik oder Spitznamen zu streiten. Er schüttelte den Kopf.

„Beweisführung abgeschlossen.“ Ihre Schultern entspannten sich wieder. „Für mich war es nicht unangemessen zu glauben, dass du als Mann, der nur selten auf Urlaub nach Hause kommt, vielleicht erleichtert wärst, wenn dir jemand das Baby abnimmt.“

„Hast du gedacht, dass das passieren würde? Dass du einen erschöpften alleinerziehenden Vater finden würdest, der mehr über Auftrieb und Luftwiederstand weiß als über Windeln und Fläschchen?“

Langsam wippte ihr Kopf.

Die Flasche war leer, er stellte sie beiseite, drückte Brittany an seine Schulter und klopfte ihr auf den Rücken. „Wie du sehen kannst, habe ich das Fläschchen geben bereits gemeistert.“

Ein süßes Lächeln huschte über Allisons Lippen und sein Gewissen schlug sein Ego zurück.

„Wenn ich nicht die Hilfe meiner Familie gehabt hätte, wäre ich wahrscheinlich genau das gewesen, was du erwartet hast“, er hob einen Finger, als sie sprechen wollte, „aber ich hätte trotzdem einen Weg gefunden, das zu schaffen." Die Tatsache, dass er damit immer noch beschäftigt war, war irrelevant. Und dass, wie ihm allmählich klar wurde, wieder für Uncle Sam zu fliegen, vielleicht nicht das Hindernis war, das er fürchtete.

Allison holte tief Luft und stieß einen langen, schweren Seufzer aus. „Deshalb glaube ich, so schwer es auch ist, dass du und deine Familie Brittany ein besseres Leben bieten können als ich."

Darüber musste er eine Sekunde lang nachdenken. Er wusste, dass Allison ausgezeichnet verdiente, oder selbst wenn sie im Moment wegen ihrer Weltreise nur wenig Geld hatte, als erfolgreiche Chirurgin in der Lage sein sollte, für ihre Nichte zu sorgen, und doch …

„Außerdem,", ein Lächeln erblühte aus ihrem traurigen Gesichtsausdruck, „welches kleine Mädchen würde nicht gerne mit einem echten Pony aufwachsen wollen?"

„Danke." Brittany hatte längst aufgestoßen und war eingeschlafen, aber er hielt sie trotzdem wie eine dringend benötigte Schmusedecke fest.

Allison legte die Hände flach auf ihre Oberschenkel, nickte und richtete sich auf. „Und nachdem das endlich geklärt ist, ist mein Chef darauf bedacht, mich nach Hause und zurück in den Operationssaal zu bringen. Also ist es wahrscheinlich das Beste, wenn ich morgen packe und zum Flughafen fahre."

Ethan nickte. Was konnte er noch sagen?

„Wenn ich noch mehr von meiner Schwester höre, lasse ich es dich wissen, und wenn du mich brauchst, um vor Gericht zu helfen …"

„Danke."

Sie nickte und ihr Lächeln verschwand. Er blickte ihr nach, als sie den Flurdurchquerte. Sie hatte recht. Es war Zeit für sie, zu ihrem Leben zurückzukehren und für ihn und Brittany, mit ihrem weiterzumachen. Warum also fühlte er sich, als hätte man ihm gerade einen Tritt in den Magen versetzt?

KAPITEL ACHTZEHN

Zuschlagende Türen, knallende Pfannen und murmelnde Männerstimmen rissen Allison aus einem tiefen Schlaf. So sehr es auch schmerzte, ihren Anspruch auf Brittany aufzugeben, überkam sie doch ein unerwartetes Gefühl der Ruhe, nachdem sie die Wahl getroffen hatte. Ein weiterer Topf klirrte, gefolgt von einem farbenfrohen Wort mit vier Buchstaben, worauf Allison beschloss, dass sie besser nachsehen sollte, was los war.

Sean Farraday stand am Herd, eine Kochgabel in der einen Hand und den Zeigefinger der anderen im Mund. Ethan hatte Brittany auf einer Schulter, während er Bohnen in die Kaffeemaschine schaufelte, und Finn blickte auf allen vieren vom Boden auf. In der einen Hand hatte er Papierhandtücher, in der anderen einen nassen Lappen und dazwischen war ein Klecks roher Eier. „Ich habe den Karton fallen lassen."

Die Uhr an der Wand zeigte an, dass es erst fünf Uhr dreißig war. „Wo ist Tante Eileen?"

„Krank." Sean drehte einen Speckstreifen um. „Wir machen ihr Frühstück."

Finn lachte. „Oder versuchen es zumindest."

Allison sah zu Ethan, der mit der Kaffeekanne herumhantierte. „War sie noch nie krank?"

Alle drei Köpfe drehten sich um und sahen Allison an, als hätte sie gerade erklärt, dass der Mond tatsächlich aus grünem Käse besteht. „Nein", wiederholten sie.

Obwohl sie keine Hausfrau wie Tante Eileen war, war Allison doch schlau genug, um zu wissen, dass gebratener Bacon kein Hausmittel gegen irgendeine Krankheit sein konnte. „Was für eine Krankheit?"

Wieder drehten sich drei Köpfe um, dann zuckte einer nach dem anderen mit den Schultern.

„Okay. Ich glaube, ich sehe besser selbst nach. Bin gleich wieder da."

„Erstes Zimmer links", rief Sean ihr zu, als sie die Treppe hinaufstieg.

„Links", murmelte sie und drehte sich zur ersten Tür. „Hallo."

Auf hundert Kissen gestützt und mit dicken Federbetten bedeckt, erinnerte Tante Eileen Allison an eine Szene aus einem Film über die Queen Elizabeth die Erste. „Komm nicht zu nahe, ich könnte ansteckend sein."

Allison hielt inne, obwohl sie bezweifelte, dass das, was Tante Eileen hatte, ein Problem sein würde, falls sie sich nicht irgendwie mit Dengue oder einem anderen Dschungelfieber angesteckt hatte. „Wie fühlst du dich?"

„Lausig." Tante Eileen hustete zweimal leise und trocken.

„Klingt nicht so, als ob du verschleimt wärst."

„Ach nein." Sie fuhr mit den Fingern unter ihren Augen von ihrer Nase über ihre Wangen. „Ich kann den Druck hier drin spüren."

„Ich verstehe." Allison kam näher. „Hast du Fieber?"

„Achtunddreißig Komma drei. Ich habe etwas Aspirin genommen. Ich bin mir sicher, dass es nur ein vierundzwanzig-Stunden-Ding ist, das ich mir gestern in der Stadt eingefangen haben muss. Ein Tag Ruhe und viel Trinken und ich bin wieder fit."

Die Frau hatte Recht, Ruhe, zwei Aspirin und viel Flüssigkeit zu sich nehmen, das war auch der beste medizinische Rat, den sie hätte geben können. „Bist du hungrig?"

„Nicht wirklich." Eileens Nase rümpfte sich angewidert. „Vielleicht einen Tee. Kamille."

Allison nickte. „Ich werde dafür sorgen, dass du einen bekommst."

„Oh." Tante Eileen hob die Hand. „Es tut mir leid, dir das anzutun, Liebes, aber kannst du bitte dafür sorgen, dass die Jungs nicht das Haus zerstören, während ich nicht hinschaue? Ich habe einen Auflauf im Gefrierschrank, den du aufwärmen kannst. Und ich bin dir so dankbar, dass du hier bist, um Ethan zu helfen, jetzt wo ich vorerst nicht in der Lage sein werde, seine Beine zu sein."

„Ja." Sie tat ihr Bestes, um ein ihr aufrichtiges Lächeln anzubieten.

Zurück in der Küche überblickte sie die Situation. Der Kühlschrank war gut gefüllt, die Speisekammer hatte die Größe einer kleinen Wohnung und der Gefrierschrank hatte mehr als einen Auflauf. Schade, dass Allison keine Ahnung hatte, welchen Auflauf Eileen gemeint hatte. Von dort, wo sie stand, konnte Allison in die Waschküche den wachsenden Haufen Schmutzwäsche sehen, den die gute Seele der Familie nicht mehr geschafft hatte.

Die Sonne begann den Morgenhimmel zu erhellen. Sie war lange genug im Haus, um zu wissen, dass die normale Routine darin bestand, zu frühstücken, dann die Pferde zu satteln und sich bei den ersten Sonnenstrahlen bereit für die Tagesarbeit zu machen.

Allison zog den Gürtel ihrer Robe fest und drehte sich zu Finn, der immer noch den Boden wischte. „Lasst mich das machen. Ihr Jungs, macht die Pferde fertig. Ich packe euch ein paar Eier-Sandwiches ein."

„Das musst du nicht tun.“

Allison lächelte. „Nein, aber ich will.“ Und zu ihrer großen Überraschung wollte sie es wirklich, obwohl sie sich nie als den häuslichen Typ gesehen hatte.

Finn und sein Vater nickten, nahmen ihre Hüte vom Haken neben der Tür und gingen nach draußen zur Scheune.

Ethan drehte sich zu ihr um. „Was kann ich tun?“

„Steh mir nicht im Weg.“ Sie lachte. „Du kannst warten, bis Brittany aufwacht. Ich mache das Frühstück.“ Sie krempelte die Ärmel hoch, holte tief Luft und holte einen weiteren Karton Eier aus dem Kühlschrank. Der Art nach zu urteilen, wie ihr Leben eine neue Wendung genommen hatte, wäre es nicht das Schlimmste, noch einen Tag zu warten, bevor sie nach Hause fuhr.“

„Vier Tage. Tante Eileen war noch nie vier Tage lang krank gewesen. Ethan wackelte mit den Zehen, genoss die Freiheit eines Fußes ohne Gipsverband und berechnete, wie lange es dauern würde, bis seine Wadenmuskeln wieder in Form kamen. Sein Bein sah aus, als gehörte es einem Neunzig-Pfund-Schwächling.

„Sie wird älter.“ Brooks überprüfte den Puls in Ethans Knöchel.

„Nicht so alt.“

Brooks ließ seine Hand zu Ethans Knie gleiten, um dort ein weiteres Mal den Puls zu prüfen. „Irgendwas Neues bezüglich Fancy?“

Ethan schüttelte den Kopf.

„Was ist mit dem Richter?“

„Ja, dem Himmel sei Dank. Wir stehen für Montag auf der Tagesordnung. Allison hat eine eidesstattliche

Erklärung für mich unterschrieben."

„Gut." Brooks klopfte das Bein seines Bruders ab. „Den Fuß auch. Lass mich die Röntgenbilder ansehen und wir werden sehen, ob du noch einmal einen Gips brauchst oder ob wir dich in einen Stützschuh stecken können."

Ethan hoffte auf den Stützschuh. Der verdammte Gips war eine Qual beim Gehen, Stehen, Baden und im Alltag allgemein. Einen Stiefel könnte er wenigstens ausziehen und eine normale Dusche genießen.

„Also, wie lautet die Prognose?" D.J. stand in der Tür zum Untersuchungsraum.

„Weiß noch nicht."

D.J. zog eine Schulter in einer Was-kannst-du-tun-Geste nach oben. „Ich habe den Truck vor der Tür gesehen. Ich wollte dich sowieso gerade anrufen, also bin ich stattdessen vorbeigekommen."

„Irgendwas bezüglich Fancy?"

D.J. schüttelte den Kopf. „Es ist, als wäre sie vom Antlitz der Erde verschwunden. Schon wieder."

„Ja, schon wieder. Nach dem, was Allison sagt, ist sie gut darin."

„Wie läuft es so?" D.J. trat näher an den Untersuchungstisch heran.

„Mit Allison?"

Sein Bruder verdrehte die Augen. „Ja mit Allison."

„Was soll laufen? Sie hilft im Haushalt und beim Baby und sobald Tante Eileen wieder auf den Beinen ist, fährt Allison nach Hause nach Kalifornien."

„Und das ist okay für dich?"

„Natürlich ist das okay für mich." Zumindest hatte er sich das immer wieder eingeredet, aber mit jedem Tag, der verging, war er sich nicht mehr so sicher, ob er sich selbst noch glaubte.

„Alles klar." Brooks betrat den Raum und lächelte D.J. an. „Hey, gibt es etwas Neues zu berichten?"

D.J. schüttelte den Kopf. „Nein.“

„In Ordnung.“ Brooks wandte sich an Ethan. „Das wird dir gefallen. Der Knochen ist schön verheilt. Ehrlich gesagt sieht er besser aus, als ich nach den fast sechs Wochen erwartet hätte.“

„Ich habe gute Gene.“ Ethan grinste.

„Ja, gut. Trotzdem. Du hast immer noch eine Menge Gewebeschäden.“ Er knallte das Röntgenbild auf eine von hinten beleuchtete Tafel. „Seht ihr all dieses graue Zeug?“

Ethan und D.J. nickten.

„Das sollte nicht da sein.“

Er Glückspilz. „Also was jetzt?“

„Ich kann dir einen Stützschuh verschreiben. Sobald sich das Gewebe bessert, wird dein Orthopäde wahrscheinlich wollen, dass du mit einer Physiotherapie beginnst. Weißt du schon, ob du das hier machen kannst, oder ob du nach Pendleton zurückkehren musst?“

„Nein. Noch nichts.“ Obwohl er wegen seiner immer noch tauben Hand ziemlich zuversichtlich war, würde die Rückkehr auf seine Heimatbasis keine Priorität sein.

„Also gut. Wir haben ein paar Orthesen im Lagerraum, die für die neue Klinik eingelagert sind. Ich denke, da wird eine in deiner Größe dabei sein.“

Ethans Grinsen zerrte an seinen Wangen und seiner Stimmung. Bei all dem Stress der letzten Wochen war es besser als Sex, endlich aus diesem verdammten Gips herauszukommen. Nun, vermutlich.

Catherine hatte ihre Tochter Stacy zu Besuch bei Tante Eileen und dem Baby mitgebracht. Das kleine Mädchen liebte es, mit der lebendigen Puppe zusammen zu sein. Die Interaktion brachte Allison dazu, sich zu fragen, ob ihre Schwester auch so aufgeregt gewesen war, in ihrer Nähe zu sein, als sie ein Baby war.

„Sie sieht für mich nicht so krank aus." Catherine nahm einen weiteren Schluck Kaffee.

„Ich denke, sie fühlt sich viel besser, genießt aber die ganze Aufmerksamkeit." Allison hatte anfangs nie gedacht, dass Tante Eileen so krank war, aber sie fand, dass sie nach fünfundzwanzig Jahren der Aufzucht dieser Brut ein paar Tage Bettruhe verdient hatte.

„Wie steht es mit dir? Alles in Ordnung?"

„Oh ja. Ich habe gelernt, die einfachen Freuden des Lebens zu schätzen. Ein weiches Bett und heißes fließendes Wasser."

Katharina lachte. „Viel einfacher geht es nicht. Hör zu, heute Abend ist Mädelsabend. Ein paar von uns treffen sich bei Becky über der Tierklinik, um Filme anzusehen und Margaritas zu trinken. Möchtest du dich uns anschließen?"

„Ach, ich weiß nicht."

„Die Jungs kommen mit Stacy und Brittany klar."

„Ich bin sicher, dass sie das tun. Das ist es nicht."

„Was dann?"

Allison fehlten die Worte. Wie konnte sie einer schönen Frau wie Catherine, die wahrscheinlich Abschlussballkönigin gewesen war, sagen, dass ein Mädelsabend ein neues Konzept für Allison war. Arbeite hart und arbeite noch härter, war ihr unausgesprochenes Mantra gewesen. „Nichts. Danke, dass ihr an mich gedacht habt."

„Denk nicht zu lange nach. Es ist schon ein wenig erschreckend, den größten Teil seines Lebens damit verbracht zu haben, achtzig Stunden die Woche in einer geschäftigen Großstadt zu arbeiten und sich dann eines Tages mitten im Viehzuchtgebiet von West-Texas wiederzufinden."

„Versuch, zweiundsiebzig Stunden am Stück mit nur einem Bett und einem Nickerchen in der Großstadt zu arbeiten, nur um dich dann auf einem Floß wiederzufinden, das den Amazonas hinuntertreibt."

„Da hast du mich erwischt." Catherine stand auf, um ihre Tasse nachzufüllen. „Noch eine?"

Allison schüttelte den Kopf. „Wird dir dieses langsamere Leben nicht ein bisschen langweilig?"

„Es ist nicht wirklich so langsam, wie du vielleicht denkst. Die Arbeit auf der Ranch beginnt vor Sonnenaufgang. Connor arbeitet daran, seinen eigenen Stall aufzubauen, aber bis zur Hochzeit lebt er immer noch hier und arbeitet mit seinen Brüdern auf der Ranch."

„Ja, ist mir aufgefallen. Fand ich irgendwie nett."

„Versteh uns nicht falsch. Wir sind nicht so an traditionelle Konventionen gebunden, aber da Stacy noch so jung ist …" Catherine zuckte mit den Schultern und Allison grinste.

Sie hatte keinen Zweifel daran, dass sie die richtige Wahl getroffen hatte, nicht um das Vollzeit-Sorgerecht für Brittany zu kämpfen. Dennoch, jeden Tag, jede neue Sache, die sie über die Menschen in dieser Familie erfuhr, versicherte ihr nur, dass, wenn Brittany eine Chance auf ein bezauberndes Leben hatte, es hier im Farraday-Country sein würde.

„Wie auch immer", Catherine setzte sich wieder, „ich war ziemlich damit beschäftigt, die rechtlichen Sachen für den neuen Stall abzuwickeln. Es stellt sich auch heraus, dass es ziemlich viele Leute in der Stadt gibt, die begeistert sind, für eine anständige Rechtsberatung nicht nach Butler fahren zu müssen. Obwohl die Erstellung von Testamenten und die Beilegung von Streitigkeiten über geringfügige Forderungen nicht besonders aufwändig sind, schafft es eine schöne Balance, Menschen wie Charlotte und Jake

Thomas helfen zu können. Sie nahm einen Schluck von dem warmen Kaffee. „Und außerdem macht es mir wirklich Spaß, die neue Stiftung mitaufzubauen."

„Stiftung? Wofür?"

„Pferdetherapie."

„Wirklich?" Als Allison sich mit Neurologie beschäftigte, hatte sie sich in die Vorteile von Pferdetherapie sowohl für Kinder als auch für postoperative Erwachsene eingelesen. „Wie das?"

„Nicht viele Leute werden für eine regelmäßige Therapie den ganzen Weg hierher fahren, aber ich bin auf einige Artikel über Sommercamps für behinderte Kinder gestoßen, die Pferde für die Therapie einsetzen. Connor und ich waren beide von der Idee begeistert."

„Ihr gründet also eine Stiftung für … benachteiligte Kinder?"

Catherine tippte sich an die Nase. „Genau. Wir lieben es wirklich. Es hat etwas enorm Befriedigendes, denen zu helfen, die nicht für sich selbst sorgen können, und das kann ein Sieg im Gerichtssaal nicht überbieten."

„Das musst du mir nicht sagen."

„Was sagen?" Ethan humpelte in den Raum und Allisons Blick fiel auf seinen Fuß.

„Sie haben dir einen Stützschuh angepasst?"

„Ja, Ma'am."

Allison war sich nicht sicher, ob sie Ethan jemals so breit grinsen gesehen hatte. „Man hat dir gesagt, dass du deinen Fuß aber trotzdem nicht überbeanspruchen sollst. Du musst dich trotzdem schonen und das Bein hochlagern."

„Ja, Frau Doktor. Aber es wird dich freuen zu hören, dass Dr. Brooks sehr genau Anweisungen gegeben hat und dass der Missbrauch dieses Privilegs meine Genesung zurückwerfen könnte."

„Okay. Dann setz dich. Das ist ein Befehl."

Sie hatte sich geirrt. Sein Grinsen wurde noch breiter. In den letzten paar Tagen, in denen sie den ganzen Tag nur zu zweit zu Hause gewesen waren, abgesehen von den Mahlzeiten und nach dem Abendessen, hatte sich zwischen ihnen ein lockeres Verhältnis entwickelt – nachdem sie die Peinlichkeit, ihn geküsst zu haben, überwunden hatte.

„Oh Mist." Catherine sah auf ihr Handy und dann auf die Küchenuhr. „Wie habe ich die Zeit vergessen können? Ich muss los. Sie sprang von ihrem Sitz auf, lehnte sich an Ethan und drückte ihm einen Kuss auf die Wange. „Freut mich, dich auf den Beinen und mobil zu sehen."

„Mich auch." Ethan lächelte zu seiner zukünftigen Schwägerin hinunter.

„Okay Krümel, auf geht's." Catherine streckte ihrer Tochter die Hand entgegen.

„Müssen wir wirklich?" Trotz der Frage war das kleine Mädchen bereits auf den Beinen und nahm die Hand ihrer Mutter.

„Ja, müssen wir." Kaum aus der Tür, rief Catherine über ihre Schulter: „Tu nichts, was ich nicht auch tun würde." Und dann schloss sich die Tür hinter ihr und Stacy.

„Komm schon." Allison stand auf, ging zu Ethan und zog den Stuhl heran. „Setz dich."

Ethan ließ sich schwerfällig auf den großen Holzstuhl fallen.

„Und Fuß hoch." Sie schob einen Stuhl in der Nähe unter seinen Fuß. „Und –"

„Beuge das Knie, ja, verstanden." Er lächelte sie an und das Funkeln in seinen Augen brachte sie dazu, zurücklächeln zu wollen.

„In Ordnung. Was möchtest du trinken? Cola, Tee, Wasser?"

„Nichts im Moment." Er streckte die Hand aus und

nahm ihre Hand mit einem sanften Ruck in seine. Allison landete mit einem Kreischen auf seinem Schoß.

„Ethan.“

„Setz dich“, wiederholte er in demselben Ton, den sie zuvor bei ihm verwendet hatte. „Du lässt mich nicht stehen und ich möchte dir etwas sagen.“

Sie konnte nur nicken. Bei so viel Nähe fühlte sie sich wie ein aufgeregter Teenager – auch, wenn sie selbst noch nie annähernd aufgeregt gewesen war.

„Jedes Mal, wenn ich daran denke, wie du in diesen verrückten Haushalt getreten bist, für den du nicht verantwortlich bist –“

„Er ist nicht verrückt, glaub mir.“

„Okay, hektisch, ist das besser?“ Er lächelte wieder.

„Hektisch kann ich akzeptieren.“ Dieses Mal hielt sie sich nicht davon ab, sein Lächeln zu erwidern.

„Gut. Wie du in diesen hektischen Haushalt getreten bist, für den du nicht verantwortlich bist, und uns alle vor dem Verhungern bewahrt hast –“

„Ich habe nur ein paar Aufläufe aufgewärmt, die deine Tante gemacht hat, und ich weiß aus sicherer Quelle, dass besagte Tante euch allen das Kochen beigebracht hat.“

„Ja, aber du hast uns an diesem ersten Morgen gesehen.

Sie kicherte bei der Erinnerung daran. „Ihr Jungs saht ein bisschen überfordert aus.“

„Würdest du einen Mann bitte Danke sagen lassen?“ Verzweiflung haftete an seinen Worten.

„Es tut mir leid.“ Ihre Stimme klang tief und sanft.

Sein Blick heftete sich an ihre Augen. „Du bist wirklich wunderschön, Beatrice Allison Monroe, von innen und außen.“ Sein Finger wanderte nach oben und fuhr ihre Nasenspitze hinunter. „Nimm das Kompliment einfach an und sage danke.“

Allison schluckte schwer. Das war das zweite Mal, dass er ihr gesagt hatte, dass sie schön war. Sie war sich nicht ganz sicher, ob sie sich nach vorne gebeugt hatte oder er sich in ihre Richtung gelehnt hatte, aber bis das Wort *Danke* seinen Mund verlassen hatte, waren ihre Lippen auf seinen und ihr Arm hatte sich um seinen Hals gelegt.

„Oh, Allison", murmelte Ethan gegen ihre Lippen, bevor er sie fest an sich zog und ihren Mund plünderte, was all ihren Nervenende Stromstöße versetzte.

„Allison." Die Hintertür knallte auf und Connor stürmte hinein, dicht gefolgt von Sean.

„Was ist los?" Sie huschte von Ethans Schoß und nur die Panik in den Augen der beiden Männer ließ die Demütigung, die sie durchströmte, verstummen. „Oh Gott. Catherine –"

„Nein. Ihr und Stacey geht es gut", sagte Connor hastig. „D.J. hat gerade angerufen. Es gab einen Unfall."

Ethan stand auf und positionierte sich hinter ihr, seine starken Hände auf ihren Schultern.

„Eine Jugendgruppe fuhr von einem Kirchenausflug nach Hause. Der Fahrer wurde ohnmächtig und der Bus kam von der Straße ab."

Allison ging bereits in ihr Zimmer und wünschte, sie hätte eine volle Arzttasche mitgebracht. „Wie viele verletzte?"

„Wissen wir nicht. Der Brady-Junge hat das Handy des Fahrers benutzt, um Hilfe zu rufen. Esther sagte, die Kinder hätten geschrien und geschrien, und der Brady-Junge habe versucht, sie zu beruhigen und gleichzeitig mit Esther zu sprechen."

„Ist Brooks unterwegs?", fragte Allison.

„Ja, aber sie kommen aus der entgegengesetzten Richtung der Stadt."

„Wie weit sind die Kinder draußen?", fragte Ethan.

Das Familienoberhaupt blickte zu seinem Sohn. „Da ist das andere Problem."

Ethans richtete sich auf.

„Keines der Kinder weiß es. Sie denken, dass sie die Geisterstadt vor vielleicht zwanzig Minuten verlassen haben, aber eine der Grundregeln für den Ausflug war keine Elektronik. Kein einziges Kind hat ein Handy dabei. Es könnten zwanzig Minuten oder eine Stunde sein. Und wir wissen nicht einmal, welche Route der Fahrer genommen hat."

„Scheiße", murmelte Ethan.

Allison warf eine Schere und saubere Küchentücher in eine Tasche. Im Dschungel konnte sie in fünf Minuten aus dem Haus sein, hier brauchte sie vielleicht zehn. „Ich brauche alle Erste-Hilfe-Materialien, die ihr im Haus habt. Verbandsmaterial, Desinfektionsmittel. Wenn ihr ein paar Schienen habt, die ihr für die Tiere verwendet, nehme ich sie mit. Wir haben vielleicht Leute, die unter Schock stehen. Ich brauche Decken."

„Auf dem Weg." Sean raste zur Treppe. „Ich werde dir auch ein Paar Stiefel besorgen. Du scheinst ungefähr dieselbe Größe wie Grace zu haben."

„Stiefel?"

Connor zuckte entschuldigend mit den Schultern. „Klapperschlangen."

Oh Gott. Bei dem Gedanken zuckte sie fast zusammen. Das war eine weitere Sache, über die sie sich keine Sorgen machen würde. Sie musste Hilfsmittel zusammensuchen. Sie würde wahrscheinlich Tragen brauchen, Halskrausen … Verdammt. „Bringt mir besser Handtücher und Panzertape mit, wenn ihr welches habt. Wir müssen vielleicht einige Verletzungen stabilisieren."

„Vielleicht ist es zu spät, aber wir haben einen Defibrillator in der Scheune." Connor ging bereits zur

Hintertür. „Ich bringe ein paar Sachen mit, mit denen wir die Pferde verarzten. Adam hat immer gesagt, dass Menschen und Tiere gar nicht so unterschiedlich sind.“

„Connor“, rief Ethan mit eisiger Stimme.

Connor packte die Seite des Türpfostens und kam zum Stehen. „Ja?“

„Wie lange ist es her, dass jemand mit dem Helikopter geflogen ist?“

„Einen Monat. Jed Carrington kam vorbei und half uns, ein paar verlorene Ochsen zu finden.“ Er warf einen Blick auf den Stützschuh seines Bruders. „Bist du bereit?“

„Ethan, nein.“ Allison lud Eis in eine Kühlbox und erstarrte.

Er reagierte nicht auf sie. „Ich fliege voraus, melde mich mit den Koordinaten zurück. Wenn wir den Fahrer ins Krankenhaus evakuieren müssen, ist der Helikopter der schnellste Weg.“

„Es gibt doch sicher einen Luftrettungsdienst im nächsten Krankenhaus?“ Allison verstand, warum Ethan helfen wollte, aber trotzdem …

Connor nickte. „Sobald sie benachrichtigt werden, dass wir sie brauchen, ist das Krankenhaus fünfundvierzig Minuten Luftlinie entfernt.“

KAPITEL NEUNZEHN

Um den Hubschrauber zu bedienen, musste Ethan den orthopädischen Stiefel entfernen. Als Allison es herausfand, hatte er das Gefühl, dass sie ihn töten würde. Über Möglichkeiten nachzudenken, sie abzulenken, war das Einzige, was ihm dabei half, den fast unerträglichen Schmerz in seinem Bein zu ignorieren.

Er war fast zwanzig Minuten in der Luft, als er den Bus entdeckte und seinen Bruder anfunkte. „Wir haben Glück."

„Wo sind sie?", antwortete Connor. Er, Catherine und Sean hatten alle einen Truck genommen, um zu helfen, die Kinder zurück in die Stadt zu transportieren. Allison war in Connors Truck.

„An der FM 3610. Was ist euer Standort gerade?"

„In etwa zwei Klicks fahren wir auf die 3610."

„Ihr solltet weniger als zwanzig Minuten entfernt sein. Haltet in ungefähr zwanzig Meilen nach frischen Bremsspuren auf der linken Seite Ausschau. Der Bus ist hinter ein paar Mesquitebäumen."

„Mesquitebäume?"

„Ja. Ich werde den Vogel absetzen und nachsehen, wie schlimm es ist. Wir sehen uns in zwanzig."

„Fünfzehn."

Ethan hätte beinahe gelacht. Wenn jemand Vollgas geben würde, um Zeit zu sparen, dann er oder Connor. Er hoffte, dass Allison etwas von einem Rennfahrer im

Blut hatte.

Ethan zwang sein krankes Bein dazu, seinem Willen zu folgen, und setzte den Vogel mit etwas weniger Anmut auf den Boden, als ihm lieb war. Er ließ den Helikopter für einen schnellen Start im Leerlauf, schnallte sich den Stiefel an und sprang heraus, wobei er hauptsächlich auf seinem gesunden Fuß landete. Hauptsächlich.

Er hatte die ärztlichen Anweisungen bereits missachtet, als er hierhergeflogen war, also hatte es keinen Sinn, jetzt vorsichtig zu sein. Mit einem nicht flexiblen orthopädischen Stiefel lief Ethan so gut er konnte zur Unfallstelle. Zu seiner Linken kauerte eine Handvoll junger Teenager neben dem Mesquitebaum. „Alles in Ordnung bei euch?" Er wurde langsamer, hielt aber nicht an.

Ein paar Stimmen sagten ja, ein paar Köpfe nickten und Ethan ging weiter.

Wie es aussah, war der Lieferwagen mit voller Geschwindigkeit in einen Entwässerungsgraben gerast und durch den Schwung von der Straße abgekommen. Als er näherkam, wappnete er sich. Ein Mann war nicht jahrelang im Marine Corps, ohne einige seiner Kumpels zu verlieren, aber nichts bereitete jemanden auf verletzte Kinder vor – oder Schlimmeres.

„Mr. Farraday." Ein Junge, von dem Ethan annahm, dass er das Brady-Kind sein musste, da er genauso aussah wie sein Vater, drückte einen Arm gegen seine Rippen. Mit dem anderen winkte er ihn zum Fahrer, bevor er die Hand wieder an den Kopf des Fahrers legte.

Der Junge hatte sein T-Shirt ausgezogen und drückte auf eine Platzwunde an der Stirn des Mannes. Ethan war kein Experte, aber er wusste, dass Kopfwunden normalerweise schrecklich bluteten, und nahm deshalb an, dass dieser Junge alles unter

Kontrolle hatte. Bis auf … „Was ist mit deinem Arm passiert?"

„Ich habe ihn mir gestoßen." Er zuckte mit den Schultern und verkrampfte. „Ich wollte ihn nicht bewegen. Er ist noch nicht zu sich gekommen, aber er atmet."

Ethan legte seinen Finger auf die Halsschlagader des Mannes und stieß einen erleichterten Seufzer aus. Schwacher Puls, aber ja, der Typ atmete noch.

„Ich habe auch eine kleine Dose Aspirin in seiner Tasche gefunden. Ich dachte, er muss ein Herzproblem haben, also habe ich ihm eine unter die Zunge gelegt. Er hat mich fast gebissen."

Wie alt war dieses Kind? Ethan war beeindruckt. „Kluger Schachzug, mein Junge. Was haben wir sonst noch hier?", murmelte Ethan in die Runde.

Ein anderes Mädchen, von dem er dachte, dass es eine Rankin sein könnte, rief ihm zu: „Sarah Sue ist eingeklemmt. Wir haben versucht, den Sitz zu bewegen, aber er will nicht."

Ethan überblickte die Situation. „Wie geht es dir, Süße?"

„Mein Fuß tut weh." Die Stimme des armen Mädchens überschlug sich. Sie versuchte so sehr, tapfer zu sein und nicht zu weinen.

„Ich wette, das tut es. Wir bringen dich in einer Minute hier raus." Ein Brecheisen und rohe Gewalt würden ausreichen. Was er als nächstes sah, gefiel ihm jedoch nicht. Hinten im Bus gab es einen Haufen schluchzender Kinder und ein paar Blutlachen.

„Jemand zuhause?" Allisons Stimme ertönte hinter ihm und keinen Moment zu früh.

„Hier drüben, Doc."

Ihre Augen weiteten sich für den Bruchteil einer Sekunde, bevor sie sich ihren Weg durch den Bus bahnte, wobei sie nur eine Sekunde innehielt, um den

Puls des Fahrers zu prüfen. Er hatte nicht wirklich darüber nachgedacht, aber bis jetzt hatte er sie nie anders als bei ihrem Vornamen genannt.

Er erreichte die Kinder ungefähr zur gleichen Zeit wie Allison, die die gleiche Beunruhigung in ihren Augen trug, die er gehabt haben musste.

„Debbie wacht nicht auf", sagte ein zerbrechliches blondes Mädchen schluchzend, und Ethans Herz blieb fast stehen.

Ein anderer, älterer Teenager sagte: „Sie ist nicht tot. Aber sie hat gestöhnt und versucht, sich zu bewegen, also haben wir sie festgehalten."

Zuerst verstand Ethan die Sorge nicht ganz, doch dann sah er es. Ein Stück Metall, lang und scharf genug, um ernsthaften Schaden anzurichten, ragte aus der Seite des Mädchens heraus.

„Ich erinnerte mich an eine Fernsehsendung, als ich ein Kind war ..."

Ein Kind? Was war er jetzt?

„... Man soll einen scharfen Gegenstand nicht herauszuziehen, weil er als Stöpsel dienen könnte. Habe ich recht?"

Allison fuhr mit ihrer Hand über die Stirn des besorgten Teenagers und strich ihm eine lose Haarsträhne aus dem Gesicht. „Du hast genau das Richtige getan, indem du es nicht herausgezogen hast *und* sie ruhig gehalten hast."

Ethan blickte zurück zu dem Mädchen, das unter dem Sitz gefangen war. „Ich brauche ein Brecheisen."

Allison nickte und öffnete ihre Tasche. „Warum nimmst du die Kinder, die keine Behandlung brauchen, nicht mit?"

„Ich will meine Schwester nicht verlassen", jammerte das verängstigte Mädchen.

„Was ist mit mir?", fragte der andere Teenager, der Debbie half, zur gleichen Zeit.

„Nein. Du und deine Freundin müssen weiterhin sicherstellen, dass Debbie sich nicht bewegt, bis ich eine Trage bekomme und sie festschnallen kann."

Die Brust des jungen Mannes schwoll vor Stolz leicht an, obwohl die Sorge noch immer tief in seinen Augen saß.

„Warum hilfst du mir nicht, ein Brecheisen für Sarah Sue zu finden?" Er streckte dem jungen Mädchen, das sich nicht rührte, seine Hand entgegen. Sie wirkte um einiges jünger als die anderen Kinder. „Und wenn wir dich zurück in die Stadt bringen, lasse ich dir von Miss Abbie eine doppelte Portion Schokoladeneis für deine Hilfe geben."

Das Kind sah zu ihrer Schwester und biss ihr auf die zitternde Unterlippe.

„Sie wird wieder gesund", versicherte Allison dem kleinen Mädchen. „Es ist okay, wenn du Mr. Farraday hilfst."

Ethan fragte sich, wie dumm er war, zu glauben, dass dem Mädchen Eiscreme wichtiger als ihre Schwester sei. Zu seiner Überraschung glitt ihre kleine Hand in seine. „Ich hebe dich hoch", sagte er, „so ist es einfacher, dich hier rauszuholen."

Das kleine Mädchen nickte, aber Ethan entging nicht die Sorge auf Allisons Gesicht, als ihr Blick kurz auf seinen orthopädischen Stiefel fiel und dann wieder dorthin wanderte, wo sie dringend gebraucht wurde. Er war schon fast aus der Tür, als Allison ihm zurief. „Sag Brooks, er soll Gas geben, und lass D.J. den Rettungshelikopter anordnen. Sofort."

Ethan nickte. Er hob das kleine Mädchen mit einem Arm hoch, als wäre sie so leicht wie Brittany, und benutzte seine freie Hand, um D.J. anzurufen. Nachdem er den Krankenhaushelikopter angefordert hatte, ging er weiter dorthin, wo sich die anderen versammelt hatten. Alle Kinder hatten eine Decke und eine Flasche Wasser bekommen und Connor und Catherine kühlten Verstauchungen und säuberten kleine Schnitte und Prellungen.

Sein Vater kam gerade mit einem Brecheisen und einem Bolzenschneider von seinem Truck zurück. „Ich habe hineingeschaut, während du und Allison euch hinten um die Kinder gekümmert haben. Wird es das junge Mädchen schaffen?"

Ethan nickte. Er hoffte, dass Allison nicht nur hübsche Worte zu ihrer kleinen Schwester gesagt hatte.

„Lass uns Sara Sue rausholen. So wie der Fuß anschwillt sollten wir uns beeilen."

Bis sie Sarah Sue befreit hatten, war Brooks in seinem SUV angekommen, der auf dem Land einem Krankenwagen am nächsten kam. Er hatte dem Fahrer Sauerstoff und eine Infusion gegeben und dann zusammen mit Allison das immer noch bewusstlose Mädchen auf eine Trage manövriert und angeschnallt.

Der Ausdruck puren Kummers auf Allisons Gesicht, als die mittlerweile eingetroffenen Sanitäter den jungen Teenager in den Helikopter luden, nagte stark an Ethan. In der vergangenen Woche hatte er mehr über ihr Leben erfahren, wie hart sie arbeitete und wie sehr ihr ihre Patienten am Herzen lagen. Ihm gefiel die Vorstellung nicht, dass sie nach Hause nach Kalifornien gehen würden und er nicht für sie da sein konnte. Dass sie sich für einen Patienten zu Tode arbeitete und dann erschöpft und ausgelaugt in ihr leeres Haus ging. Oder noch schlimmer, dass sie alles gab und trotzdem einen Patienten verlor und allein mit dem Schmerz zurechtkommen musste.

„Gut, dass das Krankenhaus den Helikopter losgeschickt hat, sobald wir sie in Alarmbereitschaft versetzt haben." Brooks rieb sich die Hände und blickte zu dem zweiten Hubschrauber, der auf der anderen Straßenseite landete. „Der Kerl hat Glück, dass wir hier so schnell einen Rettungshelikopter aus einem anderen Krankenhaus bekommen konnten. Ich glaube nicht, dass er die Fahrt überstanden hätte."

„Was ich wissen möchte", Connor verdrehte den Hals, „ist, wie zum Teufel dieser Mesquitebaum hierhergekommen ist?"

Sean Farraday schüttelte den Kopf. „Die verrückte Großmutter von jemandem hatte wahrscheinlich die geniale Idee, das Ding direkt am Straßenrand zu pflanzen."

„Oh ja", kicherte Ethan. „Als würde das West-Texas Schatten spenden."

Sein Vater schüttelte den Kopf und ging murmelnd davon: „Verrückte Großmütter."

Einige der Eltern, die näher am Unfallort als an der Stadt wohnten, kamen, um ihre Kinder abzuholen. Die Kinder mit Schnitten, Prellungen, Verstauchungen oder wie der Brady-Junge, der sich den Arm gebrochen hatte, als er versuchte, den Fuß des Fahrers vom Gas zu ziehen und auf die Bremse zu treten, wurden zurück in die Stadt transportiert, damit Brooks sie richtig behandeln konnte. Da für alle genügend Platz in dem SUV und dem Streifenwagen war, fuhren die anderen Farradays nach Hause.

Allison drehte sich zu Ethan um. „Ich wünschte, du müsstest das Ding nicht wieder nach Hause fliegen."

„Kein Problem. Das ist, was ich mache." Oder machte.

„Wie sehr tut es weh?" Sie deutete mit ihrem Kinn auf seinen Fuß.

Er überlegte zu lügen. „Auf einer Skala von eins bis zehn? Elf."

„Ja, das dachte ich mir. Aber ohne dich hätten wir nicht gewusst, welchen Weg wir nehmen sollten."

„Das Wichtigste ist, dass alles gut ausgegangen ist."

Connor trottete neben ihnen her. „Kommst du mit mir oder fliegst du mit Ethan zurück?“

„Fahr mit Connor. Jemand muss ihn vom Drag Racing abhalten.

Connor verdrehte die Augen. „Gut für dich, dass wir in gemischter Gesellschaft sind.“

„Eigentlich“, Allison hob ihren Blick, um ihn anzusehen, „bin ich mir nicht sicher, ob ich heute schon für meinen ersten Helikopterflug bereit bin.“

Ethan nickte und widerstand der Versuchung, sie in seine Arme zu ziehen und sie anzuflehen, zu bleiben. Er war total verrückt. Unzählige Frauen, die sich ihm zu Füßen werfen würden, um Mrs. Farraday zu werden, und er musste sich in diese Frau verlieben. Und war das nicht zum Lachen. Ethan Farraday war verliebt.

Ihre Augen offen zu halten, schien eine monumentale Herausforderung zu sein. Nicht ungewöhnlich nach dem Adrenalinschub des Noteinsatzes. Entweder war Allison so aufgewühlt, dass sie nicht runterkommen würde, oder sie würde wie ein Kreisel in einer Sekunde mit voller Kraft losbrausen und in der nächsten an Ort und Stelle umkippen.

„Wir sind fast zu Hause.“ Connor deutete auf den winzigen Lichtschimmer in der Ferne.

Allison blinzelte. „Wie ist das passiert?“

„Du bist eingeschlafen.“

„Oh.“ Sie richtete sich etwas auf. „Es tut mir leid.“

„Muss es nicht. Du hast die Ruhe gebraucht.

„Ich habe nicht viel getan.“

„Mehr als du denkst. Wäre einer von uns oder jemand anderes zuerst angekommen, hätte dieses Mädchen vielleicht falsch versorgt werden können.“

Das stimmte. Der Instinkt der meisten Menschen bestand darin, das Objekt zu entfernen. Wenn dann keine angemessene medizinische Versorgung zur Verfügung stand, konnte der Patient leicht verbluten. „Glaubst du, Ethan ist schon zurück?"

„Oh ja. Der Helikopter fliegt doppelt so schnell wie ein Auto und ich schleiche nicht gerade."

Connor führte die Schlange aus Pickup-Trucks an, als sie in die lange Farraday-Einfahrt bogen. Einer nach dem anderen stiegen alle aus den Fahrzeugen und schleppten sich ins Haus.

„Mommy", Stacy kam auf Catherine zugerannt und flog ihr praktisch in die Arme.

„Hattest du eine schöne Zeit mit Tante Eileen?"

„Und mit dem Baby auch." Stacy strahlte ihre Mutter an. „Können wir ein eigenes für uns haben?"

Connor hustete und Catherine lächelte. „Wir denken darüber nach, Liebes."

Das kleine Mädchen runzelte die Stirn. „Das ist dasselbe wie nein."

„Nicht unbedingt." Connor ging in die Hocke und drückte das kleine Mädchen an seine Schulter. „Nach der Hochzeit können deine Mami und ich … darüber reden." Connors Lächeln hob sich zu einem frechen Grinsen und sofort hellte sich Catherines Gesicht auf.

Sahen so alle verliebten Frauen aus? Sie hatte das gleiche glückliche Strahlen auch bei Meg und Toni und Becky gesehen. Leuchtete sie wie der sprichwörtliche Weihnachtsbaum auf, wenn Ethan ihr ein sexy Grinsen zuwarf oder etwas Nettes sagte?

„Geht es dir gut, Liebes?" Tante Eileen, offensichtlich völlig genesen, kam durch den Raum zu ihr. „Du siehst plötzlich so blass aus."

Tat sie das? Warum auch nicht. Wurden nicht alle ein wenig grün um die Nase, wenn ihnen klar wurde, dass sie sich Hals über Kopf verliebt hatten?

„Ich sehe, du fühlst dich besser." Sean kam hinter den anderen herein.

„Ja." Eileen zögerte eine Sekunde. „Eine Frau hält es nur eine bestimmte Zeit im Bett aus."

Sean nickte und ging an der Menschenmenge im Eingangsbereich vorbei. „Ihr jungen Leute könnt weiter reden, aber ich gehe ins Bett. Gute Nacht."

Eine Runde aus Gute-Nacht-Wünschen erfüllte das Foyer, doch eine Person fehlte. Dann entdeckte sie ihn rechts im Wohnzimmer. In seinem Sessel, den Knöchel hochgelegt, den Stützschuh ausgezogen und eine Ladung Eis an beiden Seiten. *Sturer Bock.*

„Ich gehe auch nach Hause." Catherine drehte sich zur Tür um. „Gute Nacht alle zusammen."

Connor legte ihr eine Hand auf den Rücken. „Ich fahre dich."

„Heute Abend streite ich nicht." Sie küsste ihn leicht auf die Lippen und trottete, immer noch ihre Tochter tragend, zum Truck.

„Nun." Tante Eileen sah sich um. Ihr Blick fiel auf Ethan, dann auf Allison und wieder zurück. „Es war ein langer Tag. Ich gehe ins Bett. Brittany ist gerade eingeschlafen, also solltet ihr wahrscheinlich dasselbe tun. Nacht."

Allison winkte und Ethan zwinkerte. Anscheinend war das eine Familiensache zwischen den beiden, denn Eileen verdrehte die Augen und warf ihm einen Kuss zu.

Eileen war schon fast ganz die Treppe hinaufgegangen, als Allison die Kraft fand, einen Fuß vor den anderen zu setzen und sich zu Ethan ins Wohnzimmer zu gesellen. „Wie schlimm ist es?"

„Könnte schlimmer sein."

Dem konnte sie nicht widersprechen. Sie schaffte es bis zum Sofa an Ethans Seite und ließ sich ohne damenhaften Anstand ins Kissen fallen. „Meine Tante bekommt wahrscheinlich Gänsehaut."

„Warum da?"

„Sie kann sich nicht im Grab umdrehen, sie ist noch nicht tot."

„Wo ist sie?"

„England. Sie ist wieder zurückgezogen, als ich in Stanford angefangen habe. Aber ich denke, immer wenn ich etwas gegen ihr britisches Zartgefühl tue, spürt sie es."

„Ein kleiner Rest rebellischer Teenager."

„Kein Rest. Das ist alles, was ich je hatte."

Mit geschlossenen Augen hörte sie, wie Ethan sich auf seinem Stuhl hin und her bewegte und das Eis herunterfiel, bevor sie spürte, wie das Kissen neben ihr einsank.

„Ich habe nachgedacht." Er drehte sie leicht, dann legten sich seine Hände auf ihre Schultern und seine Finger begannen zu kneten.

„Oh mein Gott. Ich gebe dir genau zwei Stunden, um damit aufzuhören." Daran könnte sie sich gewöhnen. „Was wolltest du sagen?"

„Ich werde vielleicht keine Helikopter mehr für Uncle Sam fliegen können, aber ich kann immer noch zivile Hubschrauber fliegen."

Allison gab sich große Mühe, mit dem Kopf zu nicken.

„Und das kann ich in der Nähe von San Francisco genauso gut wie in Texas."

Hatte sie das richtig gehört? Sie sah ihn über ihre Schulter an und blinzelte. „Sag das nochmal?"

„Brittany könnte es vielleicht gefallen, in Fahrdistanz zum Strand zu wohnen."

Allison drehte sich komplett um und sah ihn an.

„Ich weiß, dass Wohnen in Kalifornien ziemlich teuer ist, aber ich habe etwas Geld gespart und –"

Sie legte ihren Finger auf seine Lippen und schnitt

ihm das Wort ab. „Du bist bereit, nach Kalifornien zu ziehen?"

Er nickte. „Oder an den Amazonas, wenn du das willst."

„Um … in meiner Nähe … zu sein?"

Wieder wackelte sein Kopf auf und ab.

Ihr Finger fiel herunter und ihr Mund klappte leicht auf.

„Warum ist das so schwer zu glauben?"

„Ich, ähm …"

„Ich liebe dich und möchte mit dir zusammen sein."

Sie hatte keine Ahnung, ob er *zu* ihr oder *für* sie sprach, aber ihr Mund klappte wieder auf. Diesmal ziemlich weit.

Ethan kicherte. Und sie schloss den Mund.

„Weißt du", er lächelte weiter, „ein Mann könnte einen Komplex bekommen, wenn du ihn weiterhin so ansiehst, als würde er Marsianisch sprechen. Ich liebe dich, Allison, ich will dich nicht verlieren."

Das Grinsen auf ihren Lippen wuchs proportional zu dem Gefühl in ihrem Herzen. „Was für ein Zufall, denn es hat sich herausgestellt, Mr. Ethan Farraday, dass ich dich auch liebe."

„Tust du das?" Jetzt wirkte seine Stimme ein wenig ungläubig.

„Sehr sogar." Sie nickte. „Und deine ganze Familie und deine Freunde und die frische Luft und das Sonntagsessen und Menschen, die sich mehr umeinander kümmern als um sich selbst. Ich liebe die Idee, beim Bau einer erstklassigen Gesundheitsein-richtung zu helfen, damit die Menschen für die Behandlung nicht hundert Meilen reisen müssen. Ich liebe die Balance von Arbeit, Leben und Familie." Sie legte ihre Arme um seinen Hals. „Ich liebe dich und ich möchte nicht, dass Brittany in Kalifornien aufwächst."

Seine Augen funkelten hell. „Tust du nicht?“

„Nein.“ Sie kam ihm näher. „Tue ich nicht. Und übrigens.“

„Ja?“

„Hatte Connor Gelegenheit zu erwähnen, wie wir die Absturzstelle gefunden haben?“

Ethan schüttelte den Kopf.

„Mit dem Graben und dem Gestrüpp um diesen Baum war der Bus von der Straße aus nicht zu sehen. Und die Bremsspuren waren nicht sehr ausgeprägt.“

„Der Brady-Junge war nicht in der Lage gewesen, den Bus wirklich zu verlangsamen. Also, wie habt ihr ihn gefunden?“

„Ein grauer Hund kam bellend aus dem Nichts gerannt.“

„Hund?“

„Grau.“

„Ich habe keinen Hund gesehen.“

„Ja, nun. Anscheinend ist das normal. Laut der Kuppel-Hund-Theorie deiner Tante, haben wir keine andere Wahl, als zusammen glücklich zu werden.“

Ethans Lippen schwebten über ihren. „Dann lass uns unbedingt meiner Tante von dem Hund erzählen.“

EPILOG

„**D**enkst du, die Leute haben Farraday-Hochzeiten langsam satt?" Finn nahm einen Schluck Champagner und fragte sich, warum dieses Zeug so beliebt war, um Toasts damit auszusprechen.

„Nein." Ethan trank einen Schluck von seinem Lieblings-Longneck-Bier. „Die Leute lieben jede Entschuldigung für eine gute Party, die mit kostenlosem Essen und Trinken und obendrein noch rührseliger Romantik einhergeht."

„Ähm, oh." Finn stellte sich vor seinen Bruder. „Du solltest dich besser schnell hinsetzen."

Unverzüglich ließ Ethan sich auf den Stuhl neben ihm fallen. „Hat sie mich gesehen?"

„Glaube nicht." Finn beobachtete Ethans Verlobte, die über die Tanzfläche lief. Sie sah aus wie eine Frau mit einer Mission.

Ethan suchte den Raum ab und sein Blick landete auf Allison, die sich näherte. Trotz all seines Getöses erstrahlte er beim Anblick der Frau so wie eine texanische Nacht am vierten Juli. Seit dem Busunfall vor ein paar Wochen waren die beiden unzertrennlich. Gemeinsam trafen sich Ethan und Allison mit dem Richter, der den Abtritt von Francines Sorgerecht bestätigte. Als Ethan zu einem Orthopäden zur Nachsorge seines Beins musste, war Allison mit ihm gegangen. Als sie nach Hause nach San Francisco geflogen war, um sich um geschäftliche Dinge zu kümmern, waren Ethan und Brittany mit ihr gekommen. Finn hatte keine Ahnung, wer als nächstes den Bund fürs Leben schließen würde, Declan oder Ethan, aber er hoffte, dass sie ihm und der Stadt die Chance geben würden, etwas Ruhe zu finden, bevor sie weitere Hochzeitsgeschenke besorgen müssten.

„Wage es nicht aufzustehen", sagte Allison aus mehreren Metern Entfernung zu Ethan. „Du weißt, was der Arzt gesagt hat. Nicht länger als zwanzig Minuten am Stück auf den Beinen und dann mindestens eine Stunde hochlagern. Allison erreichte Ethan, als ihr die letzten Worte über die Lippen kamen. Lippen, mit denen sie Ethan so zärtlich küsste, dass Finn den Glanz seiner Stiefel prüfen musste.

Eine Hand legte sich leicht um Finns Mitte. Seine Cousine Hannah Farraday, die jüngste Frau in der Familie, drückte Finn und küsste ihn auf die Wange. „Ich weiß nicht, wer süßer ist, das Brautpaar oder die beiden."

Finn drehte sich um, erfreut über die Gelegenheit, jemanden aus dem Austin-Clan zu treffen. Da sie alle erwachsen geworden waren und die Sommer nicht mehr zusammen verbrachten, sah er keinen von ihnen oft genug. „Warte bis morgen zum Sonntagsessen, dann wird es sich wie ein ganz normaler Tag anfühlen."

„Das würde erklären, warum Mom und Tante Eileen Wetten darauf abschließen, wen es als nächstes trifft." Seine Cousine kicherte. „Als ich ihnen zuhörte, wie sie über Hunde und Schicksal und Bestimmung sprachen, war ich noch nie so glücklich, in Dallas zu leben."

„Oh ja. Das wette ich." Er lächelte über die niedliche Art, wie sie ihre Nase rümpfte. Sie war weniger als ein Jahr jünger als Grace und hatte im Sommer und in den Schulferien mehr Zeit mit den

West-Texas-Farradays verbracht als alle anderen Cousins. „Also lebst du dich in Big D ein?", fragte er.

Hannah zuckte mit den Schultern. „Ich bin ein bisschen südlich von Dallas, also ist es nicht so klaustrophobisch, wie es sein könnte."

Ein paar Klaviertöne erklangen und Hannahs Augen weiteten sich. „Oh nein. Sag mir nicht, Connor und Catherine haben einen DJ *und* eine Band engagiert."

„Ich glaube nicht."

Auf der anderen Seite des Raumes blickten Connor und seine Braut auf. Adam hatte an einem Tisch in der Nähe gesessen und sich erhoben.

„Woher haben sie das Klavier?", fragte Ethan, der ebenfalls aufstand, obwohl Allison darauf bestanden, dass er sitzen blieb.

Mehrere weitere gespielte Noten gefolgt von den vertrauten Worten „The moment I wake up…"

„Scheiß auf das Klavier", sagte Finn, „wer hat ihnen ein Mikro gegeben?"

„Ihnen?", fragte Allison.

Die zweite Zeile des bekannten Lieds *I Say A Little Prayer* wurde von einer kraftvolleren Stimme gesungen.

„Oh." Allison sah sich nach dem Klavier um. „Sie sind gut."

Hannah stöhnte. „Sie müssen wieder über *Die Hochzeit meines besten Freundes* gesprochen haben. Jedes Mal, wenn sie auf einer Hochzeit ein Glas Wein trinken und jemand das Klavier nicht versteckt, endet es mit einem Ständchen."

Eine weitere Strophe ertönte, stärker und lauter, und Finn entdeckte, wie sich seine beiden Tanten wie erwartet ein Mikrofon teilten. Was er nicht erwartet hatte, war Meg neben den älteren Frauen zu sehen, die mitsang, während Grace und Becky auf der anderen

Seite eine verdammt gute Interpretation der *Supremes* darboten. Oder waren es die *Spinners*? Zu seiner Rechten erschreckte ihn das Geräusch rhythmischen Klatschens. Nicht das Klatschen selbst, sondern dass es von Allison gekommen war.

Sie zuckte mit den Schultern. „Ich könnte keinen Ton halten."

Als die Worte *forever and ever* kamen, drängten sich Catherine und Toni um Meg und Finns laut singende Tanten.

„Nun, vielleicht kann ich ein bisschen summen." Allison klopfte Ethan auf die Schulter und hastete über die Tanzfläche, um sich zu ihren zukünftigen Schwägerinnen zu gesellen.

„Guter Gott", murmelte Hannah.

„Was?", sagten Finn und Ethan im Einklang.

„Ich denke", sie wedelte mit einem Arm in die ungefähre Richtung der beiden Frauen, die mit ihrem Gefolge von Backgroundsängern für die Menge trällerten, „Mom und Tante Eileen haben Gleichgesinnte gefunden."

„Nun, du weißt, was man sagt." Ethan verlagerte sein Gewicht und ging einen Schritt nach vorne. „Wenn du sie nicht besiegen kannst, schließ dich ihnen an."

Am Ende des Liedes sangen und klatschten alle im Ort zu den Tönen der Girl-Group der Sechziger Jahre. Finn musste lachen. Er liebte seine Familie. Alle von ihnen. Er liebte sogar den verrückten Pokerclub seiner Tante Eileen. Aber die letzten paar Monate hatten viel mehr Drama und Aufregung gebracht, als er es gewohnt war. Es war Zeit für etwas altmodischen Frieden und Ruhe. Ganz gleich, welche Wetten seine Tanten eingegangen waren, er machte sich keine Sorgen über einen mysteriösen Hund oder das Schicksal oder. Nein. All dieses Hundegerede war reiner Quatsch. Wenn er bereit war zu heiraten, würde er sich selbst seine Frau aussuchen, eine, die einfach und unkompliziert war – und vor allem frei von Dramen.

EXCERPT:

FINNS ZWEITE CHANCE

Nach vier Jahren an der Texas A&M hatte Joanna Gaines viel vom sogenannten Cow-Country gesehen. Aber nicht einmal das gesamte Ranchland in der Nähe ihres ehemaligen Colleges konnte sich mit dem riesigen Nichts namens West-Texas messen.

Sie hatte am Straßenrand angehalten, um sich ein Wasser aus der Kühlbox zu nehmen, das sie fast in einem Zug austrank. Zu Beginn ihrer Reise von Geisterstadt zu Geisterstadt hatte sie noch ihre Lieblingscola getrunken. Doch schon kurz darauf hatte sie sich wegen der brennenden texanischen Sonne, der sie auf den stundenlangen Fahrten zu ihren Zielen ausgesetzt war, eine Kühlbox gekauft, die sie mit Mineralwasser gefüllt in ihrem Kofferraum aufbewahrte. Als sie die Karte vor sich zusammenfaltete und ins Handschuhfach legte, dachte sie, dass sie bald an Finns Heimatstadt vorbeikommen musste.

In ihrer Brusttasche summte ihr Handy. *Linda.* „Nein, ich wurde nicht von einem Kojoten gefressen. Nein, ich wurde nicht von einer Schlange gebissen. Und nein, ich wurde nicht von Indianern gefangengenommen."

„Ich habe kein Wort über Indianer verloren“, schnaubte ihre Schwester.

„Aber du hast Kojoten, Schlangen und, ich glaube, Berglöwen erwähnt.“

„Es waren Luchse.“

„Oh ja, vergib mir.“ Joanna nahm noch einen weiteren Schluck Wasser. „Luchse. Richtig.“

„Weißt du, wenn du einen regulären Bürojob hättest, wie normale Leute mit einem College-Abschluss, müsste ich mir keine Sorgen machen.“

Joanna schraubte den Deckel auf die leere Flasche und warf sie auf den Rücksitz. Sie würde ihr Auto bald ausräumen müssen, denn der Innenraum sah langsam wie eine Müllhalde aus. „Du machst dir gerne Sorgen. Das gibt dir einen Sinn im Leben.“

„Ich würde mich lieber treiben lassen, wenn dich das in der Nähe einer echten Stadt halten würde.“

„Anstatt einer falschen Stadt.“ Auf der anderen Seite des Zauns weideten in der Ferne ein paar Pferde. Besonders eines nutzte diesen Moment, um zu ihr aufzusehen. Die schöne Stute und ihr Fohlen würden ein atemberaubendes Bild abgeben. „Hör zu, ich muss los, wir können diesen alten Streit an einem anderen Tag weiterführen.“

„Und was ist mit Peter?“

Joanna nahm den Gurt ihrer Kamera und stieß einen Seufzer aus. „Was ist mit ihm?“

„Er kam gestern in mein Büro.“

„Beharrlicher kleiner –“

„Joanna …“

„Hör zu, es tut mir leid, aber ein sehr langweiliges Abendessen ist noch keine Beziehung.“

„Ich glaube, er will noch eine Chance.“

Sie wollte unbedingt das Foto machen, bevor sich die Pferde bewegten. „Wenn er wieder vorbeikommt, sag ihm, dass ich dem Friedenscorps beigetreten bin.“

„Joanna.“

„Fremdenlegion?“ Mit dem Kameragurt über die Schulter geschwungen duckte sie sich langsam zwischen den gespannten Zaundrähten auf die Seite der Pferde hindurch und näherte sich dem einzigen schattenspendenden Baum, den sie weit und breit gesehen hatte.

„Ich werde nicht lügen.“

Sie warf einen Blick zurück zu ihrem Auto und der Karte, die sie weggelegt hatte, und lächelte. „Sag ihm, ich bin zu meinem Ehemann gefahren.“

„Man, fühlt sich das gut an.“ Finn setzte seinen Hut ab, lehnte sich gegen den Pfosten und hob sein Gesicht zur Sonne.

„Der Viehtrieb ging heute Morgen ziemlich schnell.“ Finns Vater, Sean Farraday, sah über die Weide hinweg auf die zufriedenen Kühe, die tranken und grasten und so ziemlich das taten, was Kühe das ganze Jahr über trieben

„Ja.“ Ein paar Mutterkühe suchten noch immer nach ihren Kälbern, aber auf dem Weg zu dieser Weide waren nicht mehr so viele voneinander getrennt worden wie früher. Bisher sah es so aus, als wären die wenigen, die unbedingt dorthin zurückkehren wollten, woher sie kamen, durch die unsichtbare Linie eingezäunt worden, die die Hunde im Gras gezogen hatten. Finn kratzte sich den Staub aus den Haaren, setzte seinen Hut wieder auf und lauschte dem stetigen Summen der Kühe, die nach ihren Kälbern riefen oder sich einfach nur mit ihren Freunden unterhielten.

Das Schönste daran, im Stockdunkel des frühen Morgens aufzusatteln, um im Morgengrauen mit dem

Viehtrieb zu beginnen, war die Gelegenheit, sich zu entspannen und Mutter Natur bis zum Mittag bei der Arbeit zuzusehen. „Der Wasserdruck scheint abzunehmen. Ich werde mir die Pumpe morgen ansehen, bevor wir mit der Arbeit am neuen Zaunabschnitt beginnen."

Sean nickte und setzte sich neben seinen Sohn. „An manchen Tagen schaue ich auf die Weide und ich könnte schwören, dass ich dich und deine Brüder sehen kann, wie ihr Lassowerfen übt oder mit dem Wasser spielt oder einfach nur erschöpft seid und ein Nickerchen macht."

Ein Lächeln breitete sich auf Finns Gesicht aus. Er erinnerte sich gut an diese Tage. Vor allem an jene, an denen sie auf den Weiden am Bach waren. Das waren lustige Zeiten, in denen er schwamm, Kröten fing und sein Bestes gab, um bei allem mit seinen älteren Brüdern Schritt zu halten.

„Tore geschlossen. Bis jetzt hat sich kein Tier aus der Herde entfernt." Sam, ihr Rancharbeiter, ließ sein Pferd bei den anderen und stellte sich neben seinen Chef. „Gehen wir abwechselnd zum Mittagessen zurück ins Haus?"

Kopfschüttelnd zog Finn einen Grashalm aus dem Boden. „Nein. Tante Eileen bringt uns heute das Mittagessen."

„Super." Sam zog seine Handschuhe aus und steckte sie in seine Gesäßtasche.

Finn stand auf und bemerkte ein paar Stellen im Zaun, die in den kommenden Tagen repariert werden mussten. „Sie ist so in Ethan und das Baby vernarrt."

„Apropos." Sean Farraday stand neben seinem Sohn und seinem Rancharbeiter auf, und alle drei blickten zu dem großen Truck, der über die Weide fuhr. Die Männer lächelten wie verrückt, als die Tür aufging und Tante Eileen heraussprang.

„Ihr wart heute aber schnell." Sie knallte die Tür mit dem Fuß zu.

„Kein Fluss zum Überqueren. Die Kälber haben ziemlich gut mitgehalten." Sam bewegte sich, um Eileen das Aluminiumtablett abzunehmen. „Erlauben Sie mir."

Wie schon seit Ewigkeiten, wurden die Tabletts mit warmen Speisen auf dem Heck des Lastwagens ausgebreitet und, angefangen mit Sean, belud einer nach dem anderen seinen Teller und setzte sich, um das leckere Essen zu genießen.

„Junge, ich habe diese warmen Mittagessen vermisst", sagte Sam.

Stirnrunzelnd sah Eileen von ihrem Teller auf. „Es ist ja nicht so, als hättest du keine Gefriertruhe voll mit meinen Aufläufen."

„Ich muss zugeben, es ist schön, sich mittags mit einer warmen Mahlzeit den Bauch vollzuschlagen." Finn küsste seine Tante auf die Wange und drehte sich zu den anderen.

„Hmm", grummelte Tante Eileen, den Teller in der Hand, und lehnte sich an den Truck, „nicht meine Schuld, dass ihr zwei immer noch Single seid."

„Fang doch nicht wieder damit an", sagte Sean. „Sam und Finn wollten nur sagen, dass wir alle ein herzhaftes Mittagessen zu schätzen wissen. Danke."

„Ja, Ma'am, Miss Eileen", wiederholte Sam. „Und egal, wen ich heirate, sie wird es schwer haben, mit Ihren Kochkünsten mitzuhalten."

Ein Hauch von Rosa überzog die Wangen seiner Tante und Finn fand, dass sie ihr wirklich nicht oft genug Komplimente machten. „Danke, Tante Eileen. Das ist köstlich."

Einer der Hunde begann zu bellen und Sean drehte sich um, als er Kings Kläffen erkannte. King war einer der besten Hütehunde, die Finn je gesehen hatte. Das

Tier erledigte an manchen Tagen die Arbeit von zwei Männern. Ohne die Hunde wären sie niemals in der Lage gewesen, das ganze Vieh nur zu dritt zur Weide zu treiben.

Das lauter werdende Brüllen der Kühe zusammen mit der Unruhe der Tiere in Kings Nähe veranlasste Finn dazu, seinen Teller auf das Heck des Trucks zu stellen und das Gewehr aus der Fahrgastzelle zu holen.

„Glaubst du, die Kühe haben eine Klapperschlange aufgescheucht?" Tante Eileen suchte den Boden um den Truck herum ab. „All die Jahre und bei dem Gedanken an diese Dinger wird mir immer noch angst und bange."

„Da sind Sie nicht der Einzige." Sam lächelte sie an. „Damals in Wyoming konnten wir eine Schlange mit einer Schaufel töten, aber hier unten sind die Schlangen größer als die Schaufeln."

Je näher Finn dem Ort kam, an dem der Krach war, desto weniger von den Schlangenwitzen, die beim Truck erzählt wurden, konnte er hören. Sam war ein netter Kerl, er war vor ein paar Jahren während eines Rodeos nach Texas gekommen und hatte sich darüber beschwert, dass es in Wyoming so kalt war, dass eine Kuh an Ort und Stelle am Boden festfrieren konnte. Nach ein paar Tagen Reden und Trinken hatten die Farradays einen neuen Rancharbeiter. Das war das erste Mal, dass jemand, der kein Blutsverwandter war, auf der Ranch lebte und arbeitete, und Sam hatte noch nichts getan, was Finn oder seinen Vater diese Entscheidung bereuen lassen könnte.

„Yep", murmelte Finn vor sich hin. Nicht ganz so verrückt, wie ein Paar lateinamerikanische Maracas, mit denen auf einer abendlichen Party musiziert wurde, war das Rasseln der Schlange doch laut und deutlich zu hören. King und Bo machten ihre Arbeit und zogen einen großen Bogen um die Klapperschlange, um die wenigen Kühe, die nicht von dem bösen Blick der Schlange verscheucht wurden, auf Distanz zu bringen. Die Wahrheit war, dass in diesem Teil des Landes mehr Hunde als Kühe von Schlangen gebissen wurden, und das Letzte, was Finn wollte, war, dass dies einem ihrer Hunde passierte.

„Das reicht, Bo. Das reicht, King." Die beiden gut ausgebildeten Hütehunde gehorchten und eilten an Finns Seite. Wenigstens war das wirkliche Leben nicht wie ein alter Cowboyfilm. Er könnte das fauchende Ding von dort aus erschießen, wo er stand, und das Schlimmste, was passieren könnte, wäre, dass eine Kuh ihm einen verstörten Blick zuwarf. Ein wildes Durcheinander der Rinder aufgrund eines Schusses in der Ferne war Hollywood-Mythos.

Ohne Zeit zu verschwenden, hob er das Gewehr, zielte auf das wütende Reptil und feuerte. Sich immer noch windend und zuckend, wie ein Fisch auf dem Trockenen, schlug die Schlange auf dem Boden auf.

Den Blick auf den Eindringling gerichtet, rief Finn über die Schulter: „Hey Sam, bring mir die Schaufel."

Mit der Schaufel in der Hand rannte Sam zu ihm. „Guter Schuss!"

„Lasst uns ihren Kopf abschlagen und eingraben, bevor einer der Hunde versucht, mit dem Ding zu spielen, und sich verletzt."

Mit einem Nicken ging Sam ein paar Schritte bis zu der Stelle, an der die Klapperschlange aufgehört hatte, sich zu bewegen.

Finn drehte sich zu seinem Vater und seiner Tante um, die die Aufregung beobachteten, und traute seinen Augen nicht. In der Ferne schlich ein grauer Schatten über die Weide. Ein verdächtig vierbeiniger pelziger Schatten.

„Oh weh. Vierzehn Segmente am Schwanz." Sam stieß einen leisen Pfiff aus. „Das Ding muss wirklich

Lärm gemacht haben. Allein der Gedanke daran lässt mir die Haare zu Berge stehen.“

Finn nickte. Er fühlte sich genauso, nur dass der Schauer, der ihm den Rücken hinunterlief, rein gar nichts mit der Klapperschlange zu tun hatte.

ÜBER CHRIS KENISTON

Chris Keniston ist Autorin von vierzig zeitgenössischen Romanen und lebt mit ihrem Mann, zwei menschlichen Kindern und zwei Hundekindern in einem Vorort von Dallas. Obwohl sie beide Hunde gleichermaßen liebt, gibt sie zu, eine ganz besondere Bindung zu ihrem Deutschen Schäferhund aus dem Tierheim zu haben. Schließlich verdienen auch Hunde ein Happy End.

Auf www.chriskeniston.com erfahren Sie mehr über Chris Keniston und ihre Bücher.

Folgen Sie Chris Keniston auf Facebook unter dem Namen ChrisKenistonAuthor und auf Twitter unter dem Namen @ckenistonauthor.

MEHR BÜCHER

VON CHRIS KENISTON

Weitere Bücher der Farraday-Country-Reihe:
Adams geheimnisvolle Braut
Brooks' verbotene Sehnsucht
Connors Herzenswunsch
Declans überraschende Begegnung
Ethans Himmel auf Erden
Finns zweite Chance
Graces trautes Heim

www.ingramcontent.com/pod-product-compliance
Lightning Source LLC
Chambersburg PA
CBHW020807190726
48285CB00006B/2187